일제강점기 일본어 시가 자료 번역집 **4**

식민지
일본어문학
문화 시리즈
28

國民詩歌集

一九四二年 三月特輯號

이윤지 역

역락

문학잡지『국민시가(國民詩歌)』번역 시리즈는 1941년 9월부터 1942년 11월에 이르기까지 일제강점기 말기 한반도에서 간행된 '일본어 시가(詩歌)' 전문 잡지『국민시가』(국민시가발행소, 경성)의 현존본 여섯 호를 완역(完譯)하고, 그 원문도 영인하여 번역문과 함께 엮은 것이다.

일제강점기를 통틀어 우리에게 가장 많이 알려지고 연구된 문학 전문 잡지는 최재서가 주간으로 간행한『국민문학(國民文學)』(1941년 11월 창간)이라 할 수 있다. 중일전쟁 이후 일본이 수행하는 전쟁이 격화되고 그 지역도 확장되면서 전쟁수행 물자의 부족, 즉 용지의 부족이라는 실질적 문제에 봉착하여 1940년 하반기부터 조선총독부 당국에서는 잡지의 통폐합에 관한 협의가 이루어지고, 이듬해 1941년 6월 발간 중이던 문예 잡지들은 일제히 폐간되었다. 물론 이러한 정책은 일제의 언론 통제와 더불어 문예방면에 있어서 당시 정책 이데올로기를 보다 효과적으로 장악하기 위한 방책이기도 하였는데, 문학에서는 '국민문학' 담론이라는 형태로 나타났다고 볼 수 있다.『국민시가』는 시(詩)와 가(歌), 즉 한국 연구자들에게 다소 낯선 단카(短歌)가 장르적으로 통합을 이루면서도,『국민문학』보다 두 달이나 앞선 1941년 9월 창간된 시가 전문 잡지이다.

사실, 2000년대는 한국과 일본에서 '이중언어 문학' 연구나 '식민지 일본어 문학' 연구가 상당히 광범위하게 이루어진 시기였다. 그럼에도 불구하고『국민시가』는 오랫동안 그 존재가 알려지거나 연구의 대상이 되지 못하였다. 한반도의 일본어 문학사에서 이처럼 중요한 문학사적 의의를 갖는 자료임에도 불구하고 『국민시가』에 관한 접근과 연구가 늦어진 가장 큰 이유는, 재조일본인들이 중심이 된 한반도의 일본어 시 문단과 단카 문단에 대한 인식 부족 때문이라 할 것이다. 재조일본인 시인과 가인(歌人)들은 1900년대 초부터 나름의 문단 의식을 가지고 창작활동을 수행하였고 1920년대부터는 본격적으로 전문 잡지를 간행하여 약 20년 이상 문학적 성과를 축적해 왔으며, 특히 단카 분야에서는 전국적인 문학결사까지 갖추고 일본의 '중앙' 문단과도 네트워크를 가지고 있었다. 그 과정에서 그들은 조선의 전통문예나 문화에 대해 깊은 관심을 보이고 조선인 문학자 및 문인들과도 문학적 교류를 하였다.

『국민시가』는 2013년 3월 본 번역시리즈의 번역자이기도 한 정병호와 엄인경이 간행한 자료집 『한반도·중국 만주 지역 간행 일본 전통시가 자료집』(전45권, 도서출판 이회)을 통해서 처음으로 그 존재가 알려졌다. 『국민시가』는 1940년대 전반기 한반도에서 간행된 유일한 시가 문학 전문 잡지이며, 이곳에는 재조일본인 단카 작가, 시인들뿐만 아니라, 지금까지 널리 알려지지 않은 이광수, 김용제, 조우식, 윤두헌, 주영섭 등 조선인 시인들의 일본어 시 작품과 평론도 다수 수록되어 있다.

앞서 말했듯이, 2000년대는 한국이나 일본의 학계 모두 '식민지 일본어 문학'에 관한 다양한 학문적 접근이 광범위하게 이루어져, 이들 문학에 관한 연구가 일본문학이나 한국문학 연구분야에서 새로운 시민권을 획득했을 뿐만 아니라 새로운 자료의 발굴도 폭넓게 이루어졌다. 이런 의미에서도 한국에서 『국민시가』 현존본 모두가 처음으로 완역되어 원문과 더불어 간행되게 되었다는 사실은 매우 고무적인 일이라고 생각한다. 1943년 '조선문인보국회'가 건설되기 이전 1940년대 초 식민지 조선에서 '국민문학'에 관한 논의가 어떻게 이루어지고 있었는지, 나아가 재조일본인 작가와 조선인 작가는 어떤 식으로 공통의 문학장(場)을 형성하고 있었는지, 나아가 1900년대 초기부터 존재하던 재조일본인 문단은 중일전쟁 이후 어떻게 변모하였는지를 이해하는 좋은 자료가 될 것이라 확신한다.

2015년 올해는 한일국교정상화 50주년과 더불어 광복 70주년을 맞이하는 해이다. 이렇게 인간의 나이로 치면 고희(古稀)의 시간이 흘렀음에도 불구하고 한국과 일본의 관계를 비롯하여 동아시아의 외교적 관계는 과거 역사인식과 기억의 문제로 여전히 긴장관계가 유지되고 있으며, 이러한 문제가 언론에서 연일 대서특필될 때마다 국민감정도 악화일로를 걷고 있다. 이런 때일수록 이 당시 일본어와 한국어로 기록된 객관적 자료들을 계속 발굴하여 이에 대한 치밀하고 분석적인 연구를 통해 역사에 대한 정확한 규명과 그 실체를 탐구하는 작업은 그 무엇보다 중요한 일이라 할 것이다.

이러한 의의에 공감한 일곱 명의 일본문학 전문 연구자들이『국민시가』현존본 여섯 호를 1년에 걸쳐 완역하기에 이르렀다. 창간호인 1941년 9월호부터 10월호, 12월호는 고려대학교 일어일문학과 정병호 교수와 동대학 일본연구센터 엄인경이 공역하였으며, 1942년 3월 특집호로 기획된『국민시가집』은 고전문학을 전공한 이윤지 박사가 번역하였다. 1942년 8월호는 고려대학교 일본연구센터 김효순 교수와 동대학 일어일문학과 유재진 교수가 공역하였고, 1942년 11월호는 고려대학교 일어일문학과 가나즈 히데미 교수와 동대학 중일어문학과에서 일제강점기 일본 전통시가를 전공하고 있는 김보현 박사과정생이 공역하였다.

역자들은 모두 일본문학, 일본역사 전공자로서 가능하면 원문에 충실하게 번역하고자 하였으며, 문학잡지 완역이라는 취지에 맞게 광고문이나 판권에 관한 문장까지도 모두 번역하였다. 특히 고문투의 단카 작품을 어떻게 번역할 것인지 고심하였는데, 단카 한 수 한 수가 어떤 의미인지 파악하고 이를 단카가 표방하는 5・7・5・7・7이라는 정형 음수율이 가지는 정형시의 특징을 가능한 한 살려 같은 음절수로 번역하였다. 일본어 고문투는 단카뿐 아니라 시 작품과 평론에서도 적지 않게 등장하였는데, 이는 일제강점기 일본어 문헌을 함께 연구한 경험을 공유하며 해결하였다. 또한 번역문이 한국문학 연구자들에게도 최대한 도움이 되도록 충실한 각주로 정보를 제공하고, 권마다 담당 번역자에 의한 해당 호의 해제를 부기하여 이해를 돕고자 노력하였다.

이번 완역 작업이 일제 말기 한반도에서 간행된 마지막 시가 전문 잡지인 『국민시가』와 한반도의 일본어 시가 문학 연구, 나아가서는 일제강점기 '일본어 문학'의 전모를 규명하는 데에 기여할 수 있기를 기대하며, 번역 상의 오류나 미진한 부분이 있다면 연구자들의 아낌없는 질정을 바라는 바이다.

끝으로 『국민시가』 번역의 가치를 인정하여 완역 시리즈 간행에 적극 찬동하여 주신 역락출판사 이대현 사장님, 원문 보정과 번역 원고 편집에 세심한 노력을 기울여 보기 좋은 책으로 만들어 주신 편집진께도 감사의 마음을 전하는 바이다.

2015년 4월
역자들을 대표하여
엄인경 씀

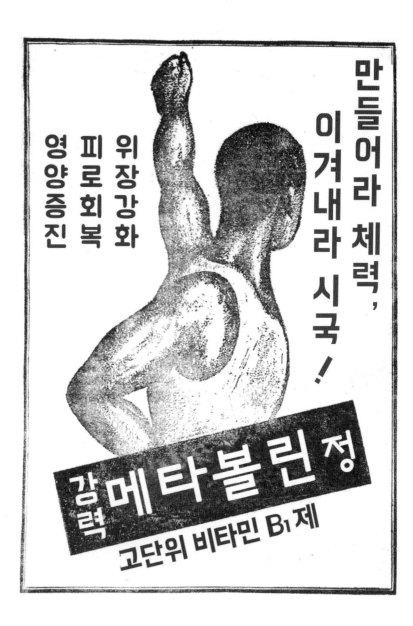

차례

미즈카미 료스케(水上良介)　　미즈타니 준코(水谷潤子)　　미즈타니 스미코(水谷澄子)
미키 요시코(三木允子)　　미시마 리우(美島梨雨)　　미치히사 료(道久良)
미치히사 도모코(道久友子)　　미쓰이 요시코(光井芳子)　　미쓰루 지즈코(三鶴ちづ子)
미나미무라 게이조(南村桂三)　　미야케 미유키(三宅みゆき)　　미나요시 미에코(皆吉美惠子)
무라타니 히로시(村谷寬)　　모리 시노부(森信夫)　　모리타 사다오(森田貞雄)
야마자키 미쓰토시(山崎光利)　　야마시타 사토시(山下智)　　야마시타 시게지(山下菁路)
야마무라 리쓰지(山村律次)　　요시하라 세이지(吉原政治)　　요시모토 히사오(吉本久男)
요코나미 긴로(橫波銀郎)　　요네야마 시즈에(米山靜枝)　　와타나베 요헤이(渡邊陽平)
와타나베 다모쓰(渡部保)　　와타나베 도라오(渡邊寅雄)

시 작품 · 42

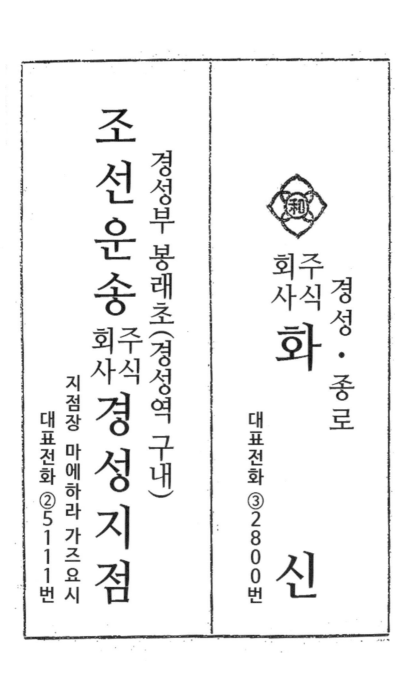

경성·종로

주식
회사 화 신

대표전화 ③2800번

경성부 봉래초(경성역 구내)

조선운송 주식
회사 경성지점

지점장 마에하라 가즈요시
대표전화 ②5111번

⊕ 아마쿠 다쿠오(天久卓夫)

적도(赤道) 바로 밑 일장기 휘날리며 정복에 나선 자식의 어미로서 남몰래 노력하자.

바다 밑으로 적을 가라앉히는 남아들이여 머나먼 고향집에 가족을 남겨 두고.

신의 군대가 신의 군대가 온다 외치는 소리 군중 속에 있음을 다시금 실감하리.

밀림 헤치고 힘차게 전진하여 시가 진입한 전차의 위세 보니 참으로 든든하다.

적진 상공서 버튼을 누르려고 하는 순간의 희미한 빛이로다 오로지 사심 없이.

전심전력을 아낌없이 다하는 그 한 순간에 일갈하며 울리는 신의 소리 있어라.

⊕ 아카사카 미요시(赤坂美好)

자식 손자도 전선으로 나갔다 말씀하시니 할머님의 손잡고 가슴이 저미었네.

전쟁 길어져 오랜 기간 이어질 그 날이 오면 나라에 바칠 자식 셋을 가졌노라.

⊕ 아라이 미쿠니(新井美邑)

일억 국민이 하나로 진군할 때 필히 찾아올 승리 가슴에 품고 나아가리 우리도.

⊕ 아카미네 가스이(赤峰華水)

홍콩(香港)에서의 공략 제일보라는 아나운서의 보도 놓칠 수 없어 스위치 맞추는 나.

원정에 나서 부상으로 ○○에 치료 중이신 오라버니도 있던 땅 다바오[1] 함락이라.

⊕ 이치노세 미요코(一瀨零余子)

전쟁 선포의 조칙을 내리시는 천지로부터 우리 일본 아침은 이제 시작되었네.

---

1) 필리핀 민다나오 섬 남동부에 있는 도시. 제2차 세계대전 당시 일본군에 점령되어 해군기
   지로 이용되었다.

⊕ 이토 다즈(伊藤田鶴)

대륙에 나가 적도 바로 아래서 성전(聖戰) 위하여 전진하는 것이라 드높은 깃발 아래.

⊕ 이나다 지카쓰(稻田千勝)

말레이 전쟁 드디어 승부 짓고 우리 군사는 조호르바루2)에서 숨 고르며 대기해.

달 떠오르는 늦은 시간 기다려 상륙했다네 적 앞을 지나친다 시간은 오전 0시.

⊕ 이마부 류이치(今府劉一)

노획해 얻은 옥탄가3) 92의 가솔린으로 미련 없이 날아가 적 상공을 덮치네.

공격해 오는 적기 불을 뿜으며 떨어져 가니 전쟁의 이념 더욱 뚜렷이 드러나.

몸도 가볍게 전투기에 올라탄 우리 군사들 눈앞을 즐기는 듯 날아올라 떠난다. (뉴스 영화)

소리 울리며 날아가는 편대의 시선 아래로 적 비행기지 모습 어른어른 보이고.

우리 육군 부대는 1월 31일 저녁 싱가포르 해안 조호르바루에 진출하다

탁한 조류에 떠오르는 중유(重油)는 해협 내에서 겁화(劫火)의 불꽃마냥 타오르며 흐르네.

⊕ 이무라 가즈오(井村一夫)

선전포고의 크신 폐하의 조칙 들었을 때에 상쾌하게 가슴이 뚫리는 바 있었네.

---

2) 말레이 반도 최남단에 위치한 말레이시아 조호르 주의 주도. 수도 쿠알라룸푸르에 이어 두 번째로 큰 도시이다. 1942년 1월 31일 일본군에 점령되었다.

3) 가솔린이 연소할 때 이상폭발을 일으키지 않는 정도를 나타내는 수치. 휘발유는 비교적 낮은 온도에서 착화가 가능하기 때문에 연소 과정에서 혼합기가 일찍 폭발하거나 비정상적인 점화가 일어나는 경우가 있다. 이런 현상에 대한 안정성을 수치화한 것이 바로 '옥탄가(octane number)'이다. 옥탄가가 높은 가솔린일수록 이상폭발을 일으키지 않고 잘 연소하기 때문에 고급 휘발유로 평가된다.

전투에 나서 얼마 지나지 않아 진주만에서 미국의 함대 맞서 격멸해 버렸노라.

빠른 속도로 만리창파 가르며 전진해 가는 우리 군함 발사한 포탄 소리 격렬해.

⊕ 이와키 도시오(岩城敏夫)

센닌바리(千人針)[4]에 나선 사람 무리에 섞여 들어간 초라한 노파 마음 간절한 심정으로.

⊕ 이와타니 미쓰코(岩谷光子)

선전포고의 뉴스를 귀 기울여 듣는 무리에 나도 한 자리 끼어 가슴을 불태운다.

선전포고의 조칙 황송하여라 이 저녁 듣는 『바다로 가면』[5] 곡이 가슴에 사무치네.

나라가 한창 일어나는 큰 세상 단 하나뿐인 오라버니 보내고 만족한 심정이라.

⊕ 이와쓰보 이와오(岩坪巖)

사백 년 굴욕 역사에서 이제야 해방되었네 우리에게 임하는 위광을 우러르라.

마젤란에게 발견된 과거 이래 서양인들의 비참한 만행에서 국토를 수호한다.

퇴청(退廳)하기를 기다려 공습 뉴스 들으리라고 지금 이 아침부터 가슴이 들끓어라.

포로 중에서 소중한 듯 일상품 가지고 있는 사람이 보이기에 서로 웃음 번지네.

하와이 섬에 폭격을 퍼부었네[6] 몇 사람이나 이와 같은 현실을 일찍이 상상했나.

---

4) 한 장의 천에 천 명의 여성이 붉은 실로 한 땀씩 매듭을 지어 출정 병사의 무운장구를 기원하는 것. 청일전쟁·러일전쟁 무렵 시작되어, 중일전쟁 이후 널리 유행했다.
5) 구 일본 해군의 군가 내지 가곡인 『우미유카바(海行かば)』를 가리킨다. 가사는 『만요슈(万葉集)』에 수록된 오토모노 야카모치(大伴家持, 718?~785)의 조카(長歌)에 유래한다. 도기스에요시(東儀季芳, 1838~1904) 작곡과 노부토키 기요시(信時潔, 1887~1965) 작곡의 2종류가 있으며, 후자 쪽이 유명. 가사는 다음과 같다.
海行ば 水漬く屍(바다로 가면 물속에 잠긴 시신)
山行かば 草生す屍(산으로 가면 풀로 무성한 시신)
大君の 辺へにこそ死なめ(천황 폐하의 곁에서 죽으리라)
かへりみはせじ(후회하지 않으리)

필사의 폭격 훌륭히 달성하고 장하다 장해 날다가 반전하는 한 대의 전투기여.

(진주만 공격 사진)

⊕ 이와부치 도요코(岩淵豊子)[7]

예상을 넘어 적의 거함 그대로 격침되었네 우리 바다 독수리 탁월한 전투 전술.

내일 흩어질 생명이라 오로지 쉴 틈도 없이 진격은 계속된다 적도 바로 아래서.

전쟁에 나설 자식이 없다 하면 하루 잠자리 빌리는 병사라도 지극히 대해 주오.

⊕ 우하라 히쓰진(宇原畢任)

남쪽 세계의 끝에서 또 끝까지 일장기만을 세우게 될 그 날을 살아가리라.

⊕ 우에하라 간쇼로(上原勘松郎)

폐하의 위광 그 불꽃이 응결된 일장기 올려 부킷 티마[8]의 고지 이미 우리 수중에.

⊕ 우치다 야스호(內田保穗)

폐하의 조칙 황송하기도 해라 전장에 나가 대양의 저 끝에서 적을 물리쳤노라.

---

6) 일본의 진주만 공습을 가리킨다. 1941년 12월 7일(일본 시각 12월 8일 미명), 항공모함 6
척을 중심으로 하는 함대가 하와이를 기습, 미 태평양 함대가 집결한 진주만에 항공기를
주력으로 공격을 감행했다. 정박해 있던 7척의 미국 전함 가운데 5척이 격침되고 200여
대의 항공기가 파괴되었으며 2000명 이상이 사망하였다.
7) 이와부치 도요코(岩淵豊子, ?~?). 이와테 현(岩手縣) 출신. 여류 가지(歌誌)『구사노미(草の
實)』동인. 1929년판『쇼와 가인 명감(昭和歌人名鑑)』에 의하면 당시 인천에 거주했던 것
으로 확인된다.
8) 제2차 세계대전 당시 영국군이 일본군과 싱가포르에서 최후의 전투를 벌인 곳이다. 1942
년 2월 15일 부킷 티마에서 영국군이 일본군에 항복한 후 싱가포르는 쇼난토(昭南島)로
개칭되어 3년 반 동안 일본의 지배하에 놓이게 된다.

⊕ 우노다 스이코(宇野田翠子)

말로 표현할 감격이 아니어라 일억 신민 중 하나라고 여기니 그저 황송함이라.

⊕ 에토 다모쓰(江藤保)

복종치 않는 자들을 물리치며 남쪽 끝에서 끝에 이르기까지 황군은 전진한다.

싱가포르가 드디어 굴복했다는 기쁜 소식은 일억 국민의 가슴 힘차게 흔들었네.

⊕ 오가와 다로(小川太郎)

싱가포르가 드디어 무너졌네 한참 동안을 무리에서 벗어나 오히려 슬퍼한다.

낮인가 싶은 조명탄 빛 아래의 조호르 수로⁹⁾에서 싸우는 병사들아 내 눈에 남은 기억.

⊕ 오다기리 도시코(小田切敏子)

보르네오 해(海) 거대한 성난 파도 넘고 넘어서 총신을 높이 들어 노리는 해변이라.

대포 앞으로 앞서 나서기조차 어려운 것을 무작정 몸을 날려 총구를 가로막네.

⊕ 오노 고지(小野紅兒)

전투는 이미 하와이를 무대로 펼쳐진다네 신처럼 빠른 우리 황군은 전진하네.

⊕ 오바야시 준이치(大林淳一)

신의 위광을 입은 우리 황군이 나아가는 곳 세기의 승리 함성 사자항(獅子港)¹⁰⁾ 함락이라.

---

9) 싱가포르 섬과 말레이 반도 남단 조호르 주 사이에 있는 해협. 길이 50km. 너비 1.2km. 싱가포르 해협이 이용되기 전까지 동서 교통의 선박들은 모두 이 수로를 통과해야 했다.
10) 싱가포르의 어원인 '싱가푸라(Singapura)'가 '사자의 도시'를 뜻하는 것에서 유래한 호칭이다.

⊕ 사카이 마사미(境正美)

용솟음치는 감격스런 심정을 어찌하리오 오로지 만세라고 나도 외칠 뿐이라.

⊕ 가타야마 마코토(片山誠)

종제(從弟) 슌이치(俊一) 말레이 해전에서 전사하다

싱가포르로 싱가포르로 가자 목표하면서 우리 깃발 내걸고 기세를 올렸으리.

전우 가슴에 매달린 그대 유골 목걸이 함께 켈루앙11)을 넘어서 사자항에 들어갔다.

하늘에 피는 흰 꽃이라고 할까 우리 황군의 낙하산 부대들은 적지를 둘러싼다.

⊕ 가지하라 후토시(梶原太)

때마다 바로 전과를 치하하는 폐하의 말씀 국민인 우리들도 공손히 우러르네.

언젠가 우리 자식에게 이 감격 전하고파라 그날그날의 일기 꼭 상세히 써 남긴다.

⊕ 가지야마 쓰카사(梶山司)

새로운 질서 세우고자 싸우는 용사들이 든 일장기 전진한다 적도를 넘어가며.

⊕ 가토 후미오(加藤文雄)

『아이들 모두 여기로 나아가라』하고 내 지시하는 말레이의 지도에 모이는 눈동자야.

학생 아이들 나의 말을 그대로 따라하누나 격침해 대파했네 격침해 대파했네.

---

11) 말레이시아 남부 조호르 주의 도시. 엔다우 강을 끼고 반도를 동서로 연결하는 교통의
요지이다. 19세기 후반부터 부근 일대에 고무 재배가 번성함에 따라 노동자들이 모여들
어 발달한 도시이며 교외에는 공항도 있다.

⊕ 가토 가쓰미치(加藤雄務)

다섯 해 동안 무운을 계속해서 빌어 오셨던 눈먼 어머니에게 기사 읽어드리네.

⊕ 가나오카 마사쓰구(金岡政次)

맹렬한 폭격 이어 거센 공격에 적병 초토화 전술에 당할 만한 방법이 없었도다.

⊕ 가와카미 요시타케(川上慶武)

영혼 다하여 생명이 지더라도 놓지 않으리 총은 지킬 것이라 떠날 때일지라도.

(코타바루 적지 상륙12))

⊕ 가와니시 슈조(川西秀造)

천명은 지금 결정된 것이라네 적군의 아성 싱가포르 드디어 우리가 함락하여.

⊕ 간바라 마사코(神原政子)

일억 국민이 참지 못한 분노로 떨쳐 일어나 모든 이 백성 위에 임께서 계시나니.

맹렬히 뿜는 적군의 총격 앞에 이 한 몸 나서 생명을 내던지니 적진을 돌파했네.

(코타바루 상륙전)

⊕ 기쿠치 하루노(菊地春野)

매일 매일을 감사의 마음으로 삼가 경건히 우리 여자들 또한 강하게 살아가리.

---

12) 일본 시각 1941년 12월 8일 미명, 말레이 반도의 코타바루에 공격을 개시한 일본군은
영국군 수비대와의 14시간에 걸친 공방전 끝에 약 700명의 사상자를 내고 상륙에 성공
한다.

오늘 이 날을 기다렸던 국민들 모두 나서서 흔드는 깃발 물결 항구에 이어지네.

⊕ 기시 미쓰타카(岸光孝)

나라는 사람 이 역사 한가운데 위대하게 선 일대의 전환기에 태어나게 되었다.

야마토정신(大和魂)13) 하나로 결집하여 천황 폐하의 나라를 굳게 지킬 때가 찾아왔노라.

선조로부터 길이 전해 내려온 해 뜨는 일본 그 신국의 위광을 펼칠 날이 왔노라.

이와 같은 때 무엇하고 있는가 돌이켜 보며 오로지 우리들의 생활을 탄식하네.

⊕ 기요에 미즈히로(清江癸造)

하얀 국화의 희미한 흔들림을 보고 있자니 원정한 오라버니 생각이 나는구나.

나라의 부름을 받잡아 상처 입을 병사로 나선 오라버니께 부디 행운이 깃들기를.

⊕ 김인애(金仁愛)

깃발의 물결 거리에 넘쳐나는 오늘 이 날을 전장까지 울려라 만세를 외쳤다네.

벅차오르는 가슴을 억누르며 편지를 썼네 싱가포르 땅을 함락시켰노라고.

⊕ 구즈메 시게루(葛目茂)

헌헌장부가 불꽃을 흩뜨리며 맞서 싸우는 해전을 담은 사진 경건히 배알하네.

전황 알리는 라디오에 가까운 위치 점하고 가위를 갈고 있는 백성이라네 나는.

온 나라 함께 전심으로 싸우는 위대한 시대 살아가는 보람을 느끼는 백성 나도.

하루 온종일 밭에서 있으면서 아내와 말해 우리 황국 승리는 의심할 나위 없어.

---

13) 일본 민족 고유의 정신. 천황제를 기반으로 하는 국수주의 사상. 전쟁 중 군국주의 사상
하의 슬로건으로 이용되었다.

⊕ 구라하치 시게루(倉八茂)

적을 향하여 직선 탄도 그리며 포격 성공한 전차 안에서 계속 포탄을 쏘았다네.

조종간 손에 쥐고 있던 그대로 숨이 끊어진 어린 모리타(森田) 소년 전차병[14] 애틋해라.

고무와 석유 주석에 망간까지 빼앗긴 채로 미국 영국 네덜란드 전쟁 계속하려나.

캉게안 섬[15]의 난바다를 가르며 신의 독수리 날개치자 무너진 네덜란드의 함대.

⊕ 구로키 고가라오(黒木小柄男)

남쪽 바다에 이리저리 흩어진 섬도 푸르른 푸른 바다 저 멀리 우러르는 황위(皇威)라.

홍콩도 섬멸 싱가포르도 섬멸 이미 승리라 어디에 있으려나 내가 나아갈 전장.

⊕ 고에토 아키히로(越渡彰裕)[16]

어린이들이 부르는 행진곡의 합창 소리가 골짜기 저 멀리로 울려 퍼진 가을날.

⊕ 고다마 다미코(兒玉民子)

눈이 내리고 등불이 고요하게 흔들리는 밤 이누마(飯沼)[17] 비행사의 전사를 들었다네.

---

14) 기갑부대의 확충 및 강화를 위하여 일본 육군의 교육기관이었던 육군소년전차병학교(陸軍少年戰車兵學校)를 통하여 2년간에 걸쳐 육성한 14세부터 19세까지의 병사. 총 4000여 명의 학생을 배출했다.

15) 인도네시아 부근 자바 해에 위치한 섬. 제2차 세계대전 중 이 해역에서 구 일본군과 네덜란드를 비롯한 연합군이 격돌하여(자바 해전) 일본 해군이 연합 함대를 격퇴시킴으로써 인도네시아 군도는 일본의 지배하에 놓이게 되었다.

16) 고에토 아키히로(越渡彰裕, ?~?). 관리. 이바라키 현(茨城縣) 출신. 1929년판 『쇼와 가인 명감(昭和歌人名鑑)』에 의하면 당시 평안북도 후창군에 거주했던 것으로 확인된다.

17) 이누마 마사아키(飯沼正明, 1912~1941). 일본의 비행사. 나가노 현(長野縣) 출신. 1931년 3월 구제 마쓰모토 중학(松本中學), 동년 10월 도코로자와 육군비행학교(所澤陸軍飛行學校)를 졸업한 후 아사히 신문사(朝日新聞社)에 입사했다. 1937년 순수 일본 기술로 제작된 가미카제 호(神風號)로 도쿄(東京)-런던 간 비행에 성공한다. 1941년 도쿄-뉴욕 간 기록 도전에 시도하려 했으나 일본의 진주만 공습으로 계획이 좌절된 후 낙담한 상태로

싱가포르의 함락 소식 전해진 환희 속에서 오직 기쁜 날이라 말하기 어렵구나.

⊕ 고바야시 요시타카(小林義高)

우리 황군이 2월 아흐렛날에 어둠 헤치고 조호르 수로를 정복했다고 하니.

백 년에 걸쳐 착취당한 그 땅이 지금 여기서 무너졌다고 하네 오늘 이 기쁜 날에.

(기원절(紀元節)[18])

아직 철없는 아이에게 일러줄 방법도 없고 승전 뉴스 들으며 아내와 이야기해.

⊕ 사이토 도미에(齋藤富枝)

일억 국민이 불꽃처럼 타올라 미국 영국을 격파해 쓰러뜨린 가을이로다 지금.

그대도 또한 전장으로 향하는 날이 오리니 지금은 마음 굳게 그때를 마주한다.

너희 무리들 본분을 다하라고 말씀하시는 크신 폐하의 옥음 눈물로 우러르네.

야스쿠니(靖國)의 신께서 살피시라 싱가포르에 오늘도 휘날리는 황위 드높은 깃발.

우리 황군은 신이 내린 병사라 백 년의 악을 정하게 하리로다 싱가포르 불탄다.

⊕ 사이토 히데오(齋藤日出雄)

깨끗이 죽을 장소는 여기라고 결심한 용사 과감히 돌진한다 한 마리 매가 되어.

싱가포르에 상륙하는 병사가 눈물지으며 목에 걸린 유골을 향해 이야기하네.

바다 독수리 그 위력 네덜란드 미국의 함대 날개 쳐 격멸시킨 자바 해전[19]이라네.

프놈펜 비행장의 활주로에서 군용기 프로펠러에 끼어 사망. 사후 전사한 것으로 날조하여 발표되었다.

18) 『니혼쇼키(日本書紀)』에 전하는 진무(神武) 천황 즉위일에 근거하여 1872년에 제정된 축일(祝日)로 2월 11일에 해당한다. 1948년 폐지되었으나 66년부터 「건국기념일(建國記念の日)」로 부활하여 국민의 축일(國民の祝日)이 되었다.

19) 제2차 세계대전 중 일본 해군과 연합군 함대 간에 벌어진 해전. 1942년 2월 4일, 네덜란

⊕ 사카모토 시게하루(坂元重晴)

미국 영국의 위세를 자랑하던 군함도 금세 해초 부스러기로 어둔 바다에 잠겨.

연승의 뉴스 소식 들을 때마다 감격의 심정 가슴속 휘몰아쳐 아무 말 할 수 없네.

태평양 파도 가라앉은 날이라 지도 빛깔이 바뀌는 기쁨이란 나뿐만 아니라네.

⊕ 사사키 가즈코(佐々木かず子)

수선을 꽂고 두 손 무릎에 얹고 자리에 앉아 선전(宣戰)의 크신 조칙 삼가 듣고 있노라.

학수고대의 때가 도래했으니 조상의 영도 보시라 신의 군대 지금 크게 승리해.

⊕ 사사키 하쓰에(佐々木初惠)

천황 폐하가 말씀하고 계시는 선전포고를 귀담아 듣는 이 몸 감격하여 떨리네.

일분일초를 새로 들어온 뉴스 귀 기울이며 무심코 부르짖네 만세의 고함 소리.

전해 들리는 우리 황군의 무훈 유구한 우리 이천 육백 년 역사[20] 말없이 그려낸다.

⊕ 사토 다모쓰(佐藤保)

임시 뉴스를 귀담아 듣는 우리 가슴 절절히 뜨거운 피가 흘러 끓어오름을 느껴.

하늘 가르는 우리 날개 전투기 정예야말로 만경창파를 넘어 그 공로 드높아라.

드령 인도네시아를 공격한 일본군과 맞서 싸운 인도네시아 주둔 네덜란드·영국·미국 연합 함대가 패퇴한다. 본국 네덜란드가 독일의 점령 하에 있었으므로 인도네시아 방어는 자체적으로 수행되어야 했는데, 당시 네덜란드인과 원주민으로 구성된 군대의 병력 및 무장은 일본의 침략을 막기에 역부족이었다.
20) 『니혼쇼키(日本書紀)』의 기술에 따른 진무(神武) 천황의 즉위년인 서력기원전 660년을 황기(皇紀) 원년(元年)으로 하는 일본 역사 및 연도 계산.

⊕ 사토 시게하루(佐藤繁治)

불꽃 뿜으며 기울어 침몰하는 전함 바로 곁 한 줄기 피어오른 어뢰의 격멸 흔적.

⊕ 시이키 미요코(椎木美代子)

고된 인내의 기나긴 세월이여 성전(聖戰)의 앞날 이미 순탄하리라 정해진 것과 같아.

젊은 나이의 전투기 항공병이 거둔 공훈에 어머니 심정 되어 눈물을 흘렸다네.

⊕ 시마키 후지코(島木フジ子)

괌 섬 주위를 우리 아군이 이미 포위했다네 우리 포탄을 맞아 불타고 있노라고.

성전(聖戰) 관철을 간절히 기원하려 신사 경내에 엄숙하고 경건히 무리들 모여든다.

⊕ 시모와키 미쓰오(下脇光夫)

하와이에 괌 마닐라와 말레이 차례차례로 우리 공군 활약은 질풍과도 같구나.

만요(万葉)를 읊던 아득한 시대부터 물가 지나면 물에 잠겨 죽으리 해원을 나아가네.[21]

나라 전체의 중대한 전투이니 이누마(飯沼) 비행사,[22] 오에(大江) 선수[23]도 떠나 돌아

오지 않았네.

크고 위대한 아시아의 역사에 터를 쌓는 날 우리들도 마음을 크게 품어야 하리.

---

21) 『만요슈(万葉集)』에 수록된 오토모노 야카모치(大伴家持)의 노래(각주 5번 참조) 및 이하
   의 사키모리노우타(防人歌; 변방 수비병 및 그 가족의 애수를 읊은 노래)에 유래한다.
   大君の 命畏み 礒に触り 海原渡る 父母を置きて(천황 폐하의 황공한 명 받자와 물가 지나
   고 해원을 건너가리 부모를 남겨 두고)
22) 각주 17번 참조.
23) 오에 스에오(大江季雄, 1914~1941). 일본의 육상 선수. 당시 장대높이뛰기 일본 기록 보
   유자이자 베를린 올림픽 동메달리스트. 교토 부(京都府) 출신. 구제 마이즈루 중학교(舞鶴
   中學校), 게이오기주쿠 대학(慶應義塾大學) 졸업. 1939년 육군에 소집되어 1941년 필리핀
   루손 섬에서의 전투에서 전사.

⊕ 시라코 다케오(白子武夫)

산으로 가면 풀로 무성한 시신[24] 황군 싱가포르를 드디어 점령했네.

⊕ 스에다 아키라(末田晃)

새로운 해가 시작되는 때맞춰 감사하게도 승리 소식 읽었네 신이 임하신 전투.

1월 3일에 찌는 듯이 무더운 마닐라에서 돌격한 병사들의 의기 상쾌하여라.

미국 영화의 밀림 전투 장면은 한낱 가벼운 동화처럼 보이네 우리 군 진격한다.

이국취미로 공상하던 말레이와 버마 국인데 지금 눈앞에 보여 울리는 승리 함성.

코끼리 타고 우리 군 맞아들인 남쪽 나라의 국왕이 있다는 말 읽으니 즐겁구나.

황군의 전투 신이라 우러르며 크게 놀라던 소박한 백성 모두 지금은 위광 아래.

⊕ 스기하라 다즈코(杉原田鶴子)

십억 아시아 백성들이 일어설 그때야말로 황군의 전투 개시 고하는 불꽃이라.

어린아이도 숨을 몰아쉬면서 낭랑히 읽은 신문 석간면 실린 개전 알리는 기사.

위대한 치세 막바지에 태어난 여자인 나도 오로지 근신하며 전투 후방 지키리.

⊕ 스즈키 히사코(鈴木久子)[25]

천황 폐하의 크신 조칙 내림에 라디오 앞에 삼가 경건한 자세 가다듬어 섰노라.

폐하의 군대 한 차례 일어나니 단지 사흘에 적의 함대 대부분 무너지고 말았네.

---

24) 각주 5번 참조.
25) 스즈키 히사코(鈴木久子, ?~?). 야마구치 현(山口縣) 출신. 1929년판 『쇼와 가인 명감(昭和 歌人名鑑)』에 의하면 당시 농업에 종사하며 전남에 거주했던 것으로 확인된다.

⊕ 스나다 호스이(砂田甫水)

오늘도 또한 라디오가 전하는 대승 전과에 무심코 힘 들어가 울리는 내 두 무릎.

악을 떨치는 정의는 승리했네 함께 들으라 싱가포르에 한껏 울려 퍼진 개가를.

⊕ 세키네 기미코(關根喜美子)

폭격 알리는 뉴스를 들으면서 두 눈을 감고 전기(全機) 무사 귀환을 기원하리다 나는.

⊕ 세토 요시오(瀨戶由雄)

끓어오르는 분노 극에 달할 때 바로 나아가 말레이 상륙 위업 훌륭히 달성했네.

『짐 일본 천황과 한 몸과 같다』라고 말씀하시니 눈물이 흘러내려 멎지를 않는구나.

(만주에서)

우리 바다의 군사들이 나서서 싸우러 갈 때 태평양 바다조차 넓다고 할 수 없어.

⊕ 다카하시 하쓰에(高橋初惠)

전시 아래서 소녀들의 모습이 갸륵하여라 몸뻬 바지를 입고 배우는 이 겨울을.

여러 가지로 나라와 내 운명을 함께하려는 마음을 다잡으니 편안한 나날이라.

남방의 자원 획득해 나가면서 원정 펼치네 번영하는 나라라 해 뜨는 우리 일본.

아득히 멀리 싸우고 나아가던 우리의 황군 야자수 그늘 아래 보이는 일장기여.

(뉴스 영화를 보며)

엄청난 양의 유전 시추 시설이 바라보이고 밀리 환초26)의 공략 전과 찬란하구나.

---

26) 마셜 제도, 라타크 열도에 속하는 92개 섬으로 구성된 환초(環礁). 일본 통치 시대에는
일본 최동단의 영토였다. 제2차 세계대전 중에는 일본의 신탁통치령 마셜 제도 방위를
위한 일본군 기지가 설치되어 약 6000명의 일본군 장병이 배치되기도 했다.

삼가 검소한 생활에 익숙해진 우리들 여인 새로운 역사 앞에 눈을 크게 뜨노라.

⏀ 다카하시 미에코(高橋美惠子)

첫 눈보라가 사납게 휘날리는 날씨 속에서 감격의 승전보에 서두르는 사람들.

⏀ 다카하시 하루에(高橋春江)

승전 뒤에는 얼마나 많은 영령(英靈) 계실까 싶어 생각하니 가슴이 미어져 오는구나.

⏀ 다테오카 유타카(館岡豊)

일장기 파도 깃발 물결에 묻혀 떠나는 친구 얼굴에서 보았네 굳건한 그 결의를.

⏀ 다나카 다이치(田中太市)

오랜 선조의 말씀 삼가 받들어 헌헌장부들 전투에서 승리해 세운 깃발이어라.

⏀ 다나베 쓰토무(田邊務)

우리 일본은 신의 나라이리니 원한을 품은 사방의 오랑캐는 가차 없이 멸하리.

⏀ 다부치 기요코(田淵きよ子)

거친 정글의 밀림 헤쳐 가르며 전진해 가는 우리 군대의 싸움 잠시 쉴 틈도 없네.
신 앞에 나서 나라를 축복하는 천황 폐하의 위광에 황송하여 내 아이와 엎드리네.
곧 내 아이도 폐하의 방패 되어 나아가리라 강건하고 올곧은 어머니로 살리라.
어전 앞에서 군사들 도열하여 소리 낭랑히 나팔 소리 울리니 옷깃을 여미누나.

⊕ 진 유키오(陳幸男)

은은히 울며 날린 포탄도 아직 식지 않은 채 눈사태처럼 닥칠 황군의 용사들아.

⊕ 쓰네오카 가즈유키(常岡一幸)

눈 깜짝할 새 거함을 무찌르는 장한 광경을 격침이라 부르고 듣는 감격이어라.

희망도 없이 스스로의 세력이 뒤집히는 것 눈앞에서 보아라 웨일스[27] 침몰하다.

일발필중의 어뢰를 끌어안고 하늘 가르는 병사들의 심중을 떠올려 눈물짓네.

현인신이신 우리 천황 폐하께 바치나이다 이 큰 기원 어찌 통하지 않을쏘냐.

이천 육백 해[28] 흥성을 거듭해 온 우리 황국의 크고 강력한 힘을 나는 의심치 않네.

전함 무쓰(陸奧)[29]의 무게를 생각하면 위태롭건만 물에 잠긴 함수(艦首)는 흔들리는 일 없다.

⊕ 히라쓰카 미쓰코(平塚美津子)

전우의 유골 가슴에 끌어안고 입성한 병사 그 얼굴 바라보며 눈물을 흘리누나.

⊕ 데라다 미쓰하루(寺田光春)

한 척 또 한 척 적함을 침몰시킨 일사필중(一死必中)의 우리 황군의 어뢰 살아서 날아간다.

저 태평양의 너른 바다도 좁아 맞설 자 없네 신속(神速)의 황군이라 굉음 울리며 돌진.

민족 전체의 가슴에 울리어라 자기 자식을 희생으로 삼았던 피븐 타이 수상.[30]

---

27) 영국군 전함 프린스 오브 웨일스를 가리킨다. 1941년 12월 10일 태평양전쟁 개전 직후 자국 식민지에 대한 일본군의 상륙을 저지하기 위하여 출격했으나 일본 해군 항공기의 전격 및 폭격에 의하여 아군 전함 리펄스와 함께 침몰했다.
28) 각주 20번 참조.
29) 과거 일본 해군 소속의 전함. 일본 해군의 상징으로서 국민들의 사랑을 받았으나, 1943년 6월 주포 화약고 폭발을 일으켜 침몰했다.
30) 루앙 피븐 송크람(Luang Pibul Songgram, 1897~1964). 태국의 군인·정치가. 1932년 쿠

동아공영권 확립을 위해 나선 싸움이로다 역사에 남을지라 대동아전쟁이여.

⊕ 도이 요시오(土井義夫)

끓어오르고 솟아올라 넘치는 벅찬 감격에 형언할 말도 없어 깃발을 우러르네.

(싱가포르 함락일)

몇 차례인가 사선을 극복했던 친구였건만 전사의 부보(訃報) 듣고 망연한 심정이네.

⊕ 도도로키 다케시(轟嶽)

불침함대라 자부하던 오만한 적군 함대는 개전 후 얼마 안 돼 격침되고 말았네.

따르지 않는 적은 모두 치라는 칙명 내리니 크신 명령 받잡아 공격해 물리치리.

전투 임하면 반드시 이기리라 신념을 품고 어린아이조차도 믿어 의심치 않네.

⊕ 도요야마 도시코(豊山敏子)

담장에 붙어 새 전황을 알리는 오늘의 뉴스 길 오가는 이들의 피를 끓게 하누나.

일억 국민이 한 마음으로 뭉친 긴장 속에서 올해 한 해는 차차 저물어 가는구나.

⊕ 나카지마 마사코(中島雅子)

분격의 기세 잃지 말고 싸우라 기원했으나 이렇게나 눈부신 전과에 눈물짓네.

임시 뉴스로 선전포고 사실을 전해 들으니 끓어오르는 힘과 세찬 숨결 가다듬네.

데타에 성공하여 입헌군주제를 수립했으며, 38년 수상에 취임했다. 제2차 세계대전 중 일본군에 협력하여 전후 실각. 48년 다시 수상이 되어 군사독재체제를 이끌었다. 57년 의 쿠데타로 인하여 일본으로 망명, 객사한다.

⊕ 나카노 도시코(中野俊子)

황군 대첩(大捷)을 환호하는 속에서 자폭으로 진 아홉 기를 그리며 가슴이 미어지네.

일본 거주의 적국인(敵國人)을 보호하라 라디오 방송 반복하여 듣누나 어제도 또 오늘도

⊕ 노즈에 하지메(野末一)

전쟁 선언한 아침에 북받치는 마음 그대로 가미다나(神棚)[31] 앞에서 양손을 마주친다.

⊕ 노즈 다쓰로(野津辰郎)

『전속력 하와이로 급행』을 명받고 오로지 동쪽으로 전진했는데.

호놀룰루의 라디오 뉴스를 들으며 동으로 동으로 함대가 향하고.

1번기 2번기가 날고 3번기는 모함의 진동으로 파도 속에 떨어지네.

『무사히 하와이 상공에 도착』이라는 제일보를 기다리던 시간이 어찌나 길었던가.

『전 함대 항구에 집합』이라는 무전을 듣고 탑승한 자들 만세를 외쳤다네.

폭격이 시작될 무렵 『에어 에어』라고 호놀룰루 라디오에 경보가 들어왔고.

『폭격 종료』의 무전이 도달하자 제2부대가 다시 하늘을 덮고 전투에 나섰다네.

잠수함 부대 세운 공훈 소식을 들을 때마다 이들 저들 모두가 자네 함대라 여겨져.

(잠수함에 탑승한 지지마쓰(千治松)[32]를 그리며)

아직 살아서 건재하다는 편지 아득하게 먼 저 땅에서 왔구나 스무 날을 지나서.

---

31) 집안에 신을 모시기 위하여 마련한 감실(龕室).
32) 지지마쓰 야타로(千治松彌太郎, 1917~?). 군의관. 미국 본토를 함재포로 공격한 최초의 잠수함으로 알려진 이호제17잠수함(伊号第一七潜水艦)에 동승하여 진주만 공습에 참가했다. 1994년 5월 저서 『마닐라의 낙일 — 전직 일본 해군 군의의 수기(マニラの落日 — 元日本海軍軍医の手記)』를 출판했다.

⊕ 노노무라 미쓰코(野々村美津子)

십억의 백성 모두 함께 일어나 서야 할 때라 지금 거룩한 성전(聖戰) 기세를 올렸으니.

차례차례로 거함을 쳐부수는 바다 독수리 훈련하는 상황을 옷깃 여미고 듣네.

⊕ 히카와 세이코(陽川聖子)

용맹 늠름한 우리 거친 독수리 힘찬 활약을 뉴스 통하여 읽고 가슴이 고동친다.

⊕ 히다카 가즈오(日高一雄)

바다로 가나 혹은 산으로 가나[33] 우리 군대의 찌를 듯 높은 사기 가로막을 자 없다.

정글 헤치고 억센 풀 베어 내며 전진해 가는 군사들의 싸움은 마치 신과 같도다.[34]

여기 고향은 눈 내리고 청정한 겨울이어라 우리도 근신하며 새해 맞이했노라.

거함 웨일스 리펄스[35]가 침몰한 바다를 넘어 말레이 상륙 전투 우리는 전진한다.

동양을 넘어 세계로 뻗어 가는 새로운 시대 역사는 날로 날로 새로워지고 있네.

천황 폐하께 생명을 바쳤노라 헌헌장부의 심정으로 따르자 우리들 국민이여.

⊕ 후지 가오루(ふじかをる)

연세 퍽이나 많아 보이고 말씨 다정하시니 바늘 한 땀 부탁은 어머니인 듯하오.

탄환 퍼붓는 험난한 상황에서 살아 나오신 사람과 마주하니 황송한 마음이라.

---

33) 각주 5번 참조.
34) 야마토타케루노미코토(日本武尊)가 동국(東國)을 정벌하면서 야마토히메노미코토(倭姬命)
    에게서 받은 검 구사나기노쓰루기(草薙劒)로 불이 붙은 풀을 베어 넘겨 위기를 극복했다
    는 신화에서 유래한다.
35) 영국 해군의 순양함. 1941년 12월 10일 말레이 해전에서 일본 해군기의 공격을 받아 전
    함 프린스 오브 웨일스와 함께 격침되었다.

⊕ 후지카와 요시코(藤川美子)

화평 희구를 이제 논하지 말라 크고 위대한 우리나라의 위력 기대하지 않을쏘냐.

하와이 공습 담긴 영상이 멎고 울려나오는 간주곡은 어쩐지 나의 흥을 깨노라.

함락되었네 싱가포르 드디어 함락되었네 이는 쇼와(昭和) 17년 2월 15일의 일.[36]

싱가포르의 전투 끝난 도시는 싸움이 없네 세기의 위업이여 실로 이루어졌네.

⊕ 후지키 아야코(藤木あや子)

일억 국민의 마음 하나로 모아 성심을 품고 끝내 싸워 나가리 승리의 그날까지.

⊕ 후지모토 고지(藤本虹兒)

동풍이 불어 화창한 정월이라 이런 오늘도 태평양을 가르며 군함은 전진하리.

⊕ 후지와라 마사요시(藤原正義)

폐하의 말씀 성심으로 받자와 번영하기를 아득히 황궁 바라 손 모아 배례하오.
(12월 8일[37])

사천만 동포 백성들이 맹세로 우리 일본이 나아가야 할 길로 전진하리라 하네. (만주)

⊕ 호리 아키라(堀全)

견디고 견뎌 일시에 분기하니 격한 기세로 신처럼 용맹하게 습격해 무찔렀네.

굴욕에 떨던 그 날을 떠올리며 오늘을 보니 나의 오장육부는 떨며 눈물짓노라.

---

36) 부킷 티마에서의 전투 후 1942년 2월 15일 영국군이 일본군에 무조건 항복한 사건을 가리킨다. 각주 8번 참조.
37) 일본군의 진주만 공습 및 코타바루 상륙일. 각주 12번 참조.

여기 일본에 태어나 감사함은 오늘 이 날을 맞기 위함이어라 내가 받은 생명도.

오지 않음을 기다리지 말지라 이제 적기는 국토 위 창공에 한 대도 보이잖네.

삼천 년 동안 외적에게 오욕을 받지 않았던 역사를 짊어지고 끝끝내 이겨내리.

⊕ 마에카와 사다오(前川勘夫)

십억이 아직 굴욕의 지배하에 놓여 있으니 이들 민족을 모두 일으켜 세우리라.

세계 역사상 그간의 공과 죄를 헤아려 보니 영국 미국의 문화 이미 때를 지났네.

이미 이곳의 인도양 제해권은 우리 것이라 인도 사억의 백성 움직이기 시작해.

⊕ 미즈카미 료스케(水上良介)

오아후 섬[38]의 진주만이 여기냐 하늘 누비는 우리 황군 공격에 대번에 무너지네.

펜실베이니아[39] 메릴랜드[40] 형 군함 어뢰를 맞고 그대로 무너져 가라앉고 있도다.

(하와이 공습 사진을 보며)

이열 종대로 죽 늘어선 미국의 주력군함들 측면에서 치솟는 어뢰의 물기둥.

펄 하버 저편 희미하게 나타난 아군 전투기 나는 광경 보이고 미 전함 침몰하다.

⊕ 미즈타니 준코(水谷潤子)

초하룻날의 가게젠(陰膳)[41] 올리고자 어머니와 함께 아침에 붉은 도미[42] 서둘러 사

---

38) 미국 하와이 주의 화산섬. 면적 1574㎢. 화산섬이지만 활화산은 없으며, 중앙부에 남북
으로 뻗은 완만한 경사지가 있다. 하와이 주에 있는 군사시설의 대부분이 이 섬에 집중
되어 있으며, 남쪽 해안의 펄 하버(진주만)는 제2차 세계대전 당시 일본군의 공격을 받
은 곳으로 유명하다.
39) 미국 해군의 초도급 전함으로 2척이 취역했다. 진주만 공습과 조우한 후 2번함 애리조
나가 항공 폭격으로 침몰.
40) 미국 해군의 전함. 콜로라도 급의 2번함. 진주만 공습 당시 내측에 계류되어 있었기 때
문에 어뢰 공격으로부터 무사했으며, 몇 발의 폭탄 직격을 당했을 뿐 손상은 경미했다.

왔노라.

달이 차올라 환한 한밤중인데 우리 아버지 바다 위 어딘가서 새해 맞이하겠지.

원정 나가신 아버지의 가르침 따르고 있네 인도지나(印度支那)[43] 계신가 해남도(海南島)[44]에 계신가.

⊕ 미즈타니 스미코(水谷澄子)

국민들 나와 전승을 축하하는 붉은 충정의 물결치는 깃발에 눈은 내리고 내려.

⊕ 미키 요시코(三木允子)

간소히 차린 새해 아침이건만 예전에 없이 뿌듯한 마음으로 뉴스를 듣고 있어.

각 집집마다 펄럭이는 국기를 우러러보는 눈에 12월 8일 감격이 역력하네.

일억의 국민 불꽃으로 타올라 기나긴 전쟁 끝내 싸워 나가리 결의를 다지노라.

⊕ 미시마 리우(美島梨雨)

일본의 깃발 나아가는 곳마다 승리뿐이니 복종하지 않는 자 결국은 없을지도.

흘러넘치는 눈물을 닦지 않고 만세의 함성 한껏 부르짖으리 장병들도 군마도.

땅에 바다에 하늘에서 스러진 우리 장병의 영령(英靈)께 고하노라 이 큰 승리의 전과.

가면 벗겨진 영국의 명맥 따위 이미 사라져 동아시아 백 년의 구름은 걷혀 가네.

---

41) 여행 등으로 부재중인 사람의 무사를 기원하며 그 가족이 공양하는 음식.
42) 일본에서는 붉은색을 경사스런 색으로 여겼으며,「タイ(도미)」의 발음이「めでたい(경사스럽다)」와 통하기 때문에 예로부터 길한 생선으로 간주되어 현대에 이르기까지 축하를 위한 자리에 올리는 풍습이 있다.
43) 인도차이나(인도차이나 반도의 동부를 차지한 옛 프랑스령 연방)의 음역어.
44) 하이난 섬(중국 하이난 성(海南省) 레이저우 반도(雷州半島) 남쪽, 남중국해에 있는 섬)을 가리킨다.

⊕ 미치히사 료(道久良)[45]

큰 영광으로 빛나는 이 나라의 국민으로서 보랏빛 쓰쿠바 산(筑波山)[46] 오늘도 우러르네.

진주만 주위 배후를 수호하는 산봉우리를 아슬아슬 넘어서 아군 기(機) 공격하네.

적의 전함을 2척 격침시키고 4척은 대파 신이 계신 나라의 공격은 날카롭다.

적도 아래서 전력으로 임하는 성전(聖戰)의 전과 울려 퍼지는 중에 새해가 밝았도다.

남서 태평양 제압하고 나아간 성전의 전과 그 장려함 가운데 국민이 존재하네.

유구한 역사 그 속에서 언제나 건재하도다 폐하 다스리시는 황국민이라 우리.

⊕ 미치히사 도모코(道久友子)

참을 수 없음을 참아내며 여기에 이르렀노라 그리 말씀하시니 가슴이 북받친다.

(수상 방송)

어젯밤 듣던 수상의 방송 말씀 오늘 아침도 아직 흉중에 남아 엄숙한 기분이라.

루스벨트를 악인으로 세우고 노는 아이들 그 속에 우리 아이 함께 섞여 있구나.

⊕ 미쓰이 요시코(光井芳子)

일개 한 명의 여인인 나조차도 나라의 초석 그런 생각 미치니 치솟는 열정이라.

하늘 빛내는 크나큰 정벌전은 승리 거듭해 오늘도 눈물짓네 장한 승전 소식에.

---

45) 미치히사 료(道久良, ?~?). 관리. 가가와 현(香川縣) 출신. 수원고등농업학교를 졸업하고
단카지(短歌誌) 『신진(眞人)』의 동인으로 활동했다. 1929년판 『쇼와 가인 명감(昭和歌人名
鑑)』에 의하면 신의주에 거주했던 것으로 확인된다.
46) 쓰쿠바 산(筑波山)은 아침과 저녁, 계절에 따라 그 표면의 색조가 변화하는 아름다움으로
인하여 「눈의 후지, 보랏빛의 쓰쿠바(雪の富士、紫の筑波)」로 불리며 간토(關東)의 2대
명산으로 예로부터 시가의 소재 및 화제(畵題)로서 즐겨 사용되었다.

⊕ 미쓰루 지즈코(三鶴ちづ子)

흰 난초 향이 그윽하게 떠도는 방안에 앉아 전승 알리는 뉴스 듣자니 기쁘도다.

전승 알리는 뉴스 들을 때마다 들끓는 가슴 이 나도 해가 솟는 나라가 조국이라.

⊕ 미나미무라 게이조(南村桂三)

싱가포르의 함락을 선전하는 글자 선명히 차체에 새겨 넣고 버스는 지나가네.

(하얼빈에서)

⊕ 미야케 미유키(三宅みゆき)

전선의 활약 들려주며 떨리는 부모의 음성 아이 눈동자에도 눈물이 반짝인다.

⊕ 미나요시 미에코(皆吉美惠子)

나라 그리는 마음은 마찬가지 내지(內地)와 조선 사람들 한데 섞여 전황을 듣는구나.

신께 맡기는 마음이 아니어라 천황 폐하께 충성을 맹세하는 국민을 보았노라.

제국의 면목 눈앞에 생생하다 극동이라는 수식은 오늘부터 사라져 버렸도다.

⊕ 무라타니 히로시(村谷寬)

푸른 바다의 크고 작은 섬들에 붉은 일장기 빛나는 지도 앞에 사람들 모여드네.

⊕ 모리 시노부(森信夫)

온 나라 함께 나서는 전쟁이여 개결하도다 병종(丙種)47)이라 하지만 임께 이 몸 바치리.

---

47) 과거 징병 검사로 정해지는 신체 등급 중 하나. 갑종과 을종 다음의 최하위 등급으로, 이에 해당하면 징집을 면제받았다.

몇 사람인가 친구들 입대하니 부끄러워서 열없던 약한 심정 이제는 생각잖네.

⊕ 모리타 사다오(森田貞雄)

대본영(大本營)[48]에서 발표[49] 있다고 하는 그 목소리가 여느 때보다 더욱 고양되어 들리네. (싱가포르 함락)

이웃집 또한 아직 깨어 있는가 어린아이들 목소리와 라디오 방송 섞여 들리네.

⊕ 야마자키 미쓰토시(山崎光利)

온 나라 함께 기다리고 기다린 선전포고의 크신 폐하의 칙령 이제야 내리셨다.

부디 엄숙히 우리들 일억 명의 국민들에게 나아가야 할 바를 가르쳐 주옵소서.

우리 국민들 눈물을 흘리면서 듣고 있노라 선전포고 명시한 큰 칙령 담긴 글을.

삼십년 동안 꾸준히 노력하여 갈고 닦았던 정화(精華)로다 이제야 태평양 제압하다.

⊕ 야마시타 사토시(山下智)

야자나무 숲 우거진 남쪽 섬이 생생하게도 뉴스 영화 통하여 눈앞에 나타났네.

해안에 세운 원유 채굴 지대에 보초 한 사람 뿜어 나오는 유정(油井) 그 앞에 서 있구나.

야자나무 숲 아래에 죽 늘어선 초가집으로 밀려오던 바닷물 바람 멎어 잔잔해.

⊕ 야마시타 시게지(山下菁路)

뛰쳐 일어나 병사들 칭송하는 만세 함성이 소리 나오지 않고 그저 눈물 흐르네.

---

48) 천황 직속으로 육해군을 통수한 최고기관. 1893년에 창설된 이후 상설 기관으로서 태평
양전쟁이 종결되기까지 존속했다.
49) 태평양전쟁 중 대본영이 국민들에게 발표한 전황 관련 정보. 전쟁 말기에는 전황이 악화
일로였음에도 불구하고 일본이 우세한 양 허위 발표를 거듭했다.

(싱가포르 함락)

그 간절했던 기원은 지금에야 이루어졌네 싱가포르 함락이라 지금 이 순간 실로.

⊕ 야마무라 리쓰지(山村律次)

성전(聖戰)의 결과 이 한 싸움에 달려 있다네 제트기 우러르며 병사들 출전했네.

뇌격기(雷擊機) 날며 공뢰(空雷)를 투하하자 뒤를 따라서 급강하폭격기는 거탄을 투하한다.

⊕ 요시하라 세이지(吉原政治)

일본 미국군 교전 개시했다고 들었을 때에 우리 공군 부대는 하와이를 덮쳤네.

떨쳐 일어난 우리 해군 부대의 거센 일격은 적군이 대항해 올 틈마저 주지 않아.

신대(神代)[50]로부터 신께서 바라는 바 그대로 가는 우리 성스런 전투 능치 못할 리 없네.

⊕ 요시모토 히사오(吉本久男)

선전포고를 명하는 크신 칙령 팔굉(八紘)에 걸쳐 전달되는 전파로 삼가 받자와 듣네.

나라 전체가 기다리고 기대해 우리나라의 하늘 한없이 맑고 적기는 간데없어.

황군의 전과 멀리까지 미치네 호놀룰루나 태평양이나 실로 마찬가지라 할까.

⊕ 요코나미 긴로(橫波銀郎)

감사하도다 내 자식과 취하는 이날 밤에도 생환을 기약 못할 거친 독수리 나나.

천황 폐하의 뜻하시는 그대로 나아간 그대 저 땅 어딘가에서 싸우고 계시는가.

우리 기르신 늙으신 부모님도 위대한 치세 넘쳐나는 번영의 봄을 만나셨도다.

50) 신이 다스렸다는 시대. 일본 신화에서 진무(神武) 천황 이전까지의 시대.

⊕ 요네야마 시즈에(米山靜枝)

우리 일장기 나부끼며 빛나라 대동아 지역 바로 지금 우리가 지켜야 할 나라들.

헤쳐 늘어선 모습들 늠름하다 눈밭 위에서 희망 가슴에 품고 굳세게 전진하리.

(청년대 초식에서)

⊕ 와타나베 요헤이(渡邊陽平)

하와이 공습 보고에 함성 올린 그때 황군은 이미 말레이 거쳐 괌으로 향했다네.

참기 어려운 시절을 그저 참고 견뎌낸 황군 떨쳐 일어난 용자 신을 연상케 하고.

이제 지금은 거리낄 것 따위는 전혀 없다네 우리 최후의 적과 드디어 마주했네.

⊕ 와타나베 다모쓰(渡部保)

뇌성 발하는 강철의 함대 항로 한마음으로 적 군함을 격파해 침몰시켜 버렸네.

(하와이 해전 사진을 보다)

뇌격기 날며 떨어뜨린 어뢰는 일격 필살의 물보라 일으키며 적을 갈라 찢는다.

악천후 속에 모함을 떠나가는 공군 병사의 작별 고하는 말에 여린 감상은 없네.

너른 태평양 주력함대라고들 호언하더니 무너지는 사진은 이토록 고요하다.

진주만에서 적을 격침시키는 사진을 보니 소리 없는 장면이 몸을 전율케 한다.

⊕ 와타나베 도라오(渡邊寅雄)

지금 일어나 전진하는 기나긴 군대의 행렬 남쪽 나라 아득한 황하를 목표삼아.

(전장에서 읊다)

기다려 왔던 황하의 물줄기가 다가오누나 고동치는 가슴을 지그시 억누른다.

찌기만 하는 돼지고기 요리를 냄비로 익혀 어린아이들처럼 모여서 기다리네.

힘을 기리다

아마가사키 유타카(尼ヶ崎豊)

끓어오르듯 용솟음치는
피의 흐름은
이제 하나로 응결하여
완전한 힘으로 화하여
하늘의 태양과 함께 나아간다

진(眞)과 선(善)과 미(美)와
그 자아를 초월한 절대의 경지
그에 살고 그에 불타오르며
찬란히 불꽃을 흩날려라
힘

지축을 흔들어
궁창을 넓히어
자욱하게 낀 천지 사방의 구름을 물리치고
최후의 몽매함마저 일깨우고 깨뜨리는
힘 힘 힘
일본의 힘

동아시아에
빛을 던지는 힘에
희미하게
대지의 어둠 이제야 걷히기 시작한다

푸르른 바닷가의 푸르른 무덤

아베 이치로(安部一郎)

나는 언젠가부터
이 풍광을 서글픈 심정으로 바라보게 되었던가
요즈음
푸르른 바닷가의 푸르른 무덤은
낮의 따가운 태양빛에
떨어진 오동나무 열매마냥 고요 속에 스러지고 있다.

이 풍광을 뒤로 하고
젊은 친구들은 차례차례 대륙으로 그리고 대양으로 출발했다
사랑의 새로운 파괴를 전제로
사랑의 새로운 건설을 최종 목적으로——
아아
지금
내 친구는 대륙으로 그리고 대양으로 발군의 활약을 펼치고 있다.

그 옛날
이 고요한 섬 저편
저 수로 위에서 싸웠던 사람들아
이 정밀(靜謐)의 비밀스런 열쇠는

이 아름다운 풍광과
저 처참한 절규로 통하는 것이었던가
아아
지금
나는 깨달았노라
그 옛날 대륙으로 대양으로 향하던 마음과 지금 대륙으로 대양으로 향
하는 마음과――
지금
내 친구는 전진하는 곳마다 발군의 활약을 펼치고 있다.

푸르른 바닷가의 푸르른 무덤은 역사 속으로 스러지고 있다
과거에서 미래로
남모를 나의 응시(凝視)는
바람을 맞으며
우두커니 서서 친구를 생각하고 다시 돌아오지 않는 친구를
애도하는 심정과 나아가 기쁨의 심정으로
푸르른 바닷가의 푸르른 무덤에 눈을 감는다.

(진해만 끝에서――)

남국에서 전사하다

아사모토 분쇼(朝本文商)

하나의 생명을 바치는 것
이렇게 미소를 지으며 생의 이치를 깨닫다니
번민의 인생도 있었는지 모르나
무수한 그 어떤 훈장보다도
눈부실 만큼 화려한 행복 가운데 눈을 감을 수 있다니
한줌 남국의 흙이 되리라
은하보다도 영원한 자장가가 되리라
무구한 남녀 사람의 좋은 영혼의 친구가 되리니
조국이 애무의 손을 내미는 그 손바닥의
하나의 따스한 핏줄과 같이
영구히 사색하리라 보였던 해양으로부터
새로운 정열의 울림이 다가오는 날
모든 것을 포옹하는 남국의 푸른 하늘에
황홀히 달이 타올랐다
이리도 관대히
향수는
영광 그 자체이며 마음 든든한 것이고
총성이 끊이지 않고 정의를 부르짖으며 힘차게 나아갈 때
모두 신뢰를 남기고 가장 화려하게 생각한 최후였다
남국의 기묘한 어조의 감사와 축복 속에……

그 사람

이케다 하지메(池田甫)

차림새는 전혀 신경 쓰지 않는 주제에
담배나 양주는 일급품이 아니면
결코 입에 대지 않았던 그가
입영한 후 1년
군복 차림의 늠름한 사진을
오래간만에 보내 주었다
그리고
『사쿠라(さくら)』라는 군용 담배는 정말 맛있다
이것이 편지의 첫머리이다
고상한 윤리관과 교양으로 창백할 만큼
표백되었던 그가
군대에 들어가 드디어
황색인종다운 얼굴빛을 띠게 되었다
이제 전장에서 죽어도 얼굴을 내놓을 수 있다
──그렇게 적어 보냈다

나는 그가 제대하면
극상품의 양주로 건배하리라

세기의 여명

이즈미 가쓰야(和泉勝也)

도취되어 미쳐 날뛰는 악귀의 독니에
물리어 꿈틀거리며 시든 남국의 아이들
캄캄하고 어두운 밤은 너무나도 길었다네

그러하나 때는 이르러
동쪽 바다에 위대한 역사로 빛나는 일본
하늘에 빛나는 붉은 깃발은 높이 펄럭이며
초록빛으로 가득한 끝없는 밀림을
거친 파도가 소용돌이치는 대해원을
혹은 한없이 펼쳐진 너른 하늘을
적을 응징하는 젊은 생명의 빛은 달음질친다
아아! 발랄하고 위대한 세기의 여명

요사스런 구름은 솜털처럼 날아가 흩어져 자취를 감추었다
그러자 손을 내밀며 우리를 따르는 눈동자 남국의 아이들
감격의 도가니 속에 자비로운 빛을 띠고
흰 이를 드러낸 기쁘고 기쁜 모습을 비추네
아아! 맑디맑고 위대한 세기의 여명

더 보아라 더더욱

대동아 여기저기에 틀어박힌 악귀를 물리치며

폐하의 위광 아래 적을 응징하는 젊은 생명이 달음질치는 빛을

일본의 만세

이마가와 다쿠조(今川卓三)

일본인의 탄생은

만세 소리로 시작되고 충성의 산화로 끝나

비할 데 없는 기쁨과 영광이라

국가는 만세의 창화(唱和)로 더더욱 번영하고

민초는 몇 차례인지 헤아릴 수 없는 만세를 우렁차게 외치며

항상 깨끗하고 순수한 감개를 새로이 하여

다할 줄을 모른다

일본의 만세

두 팔을 지금 높이 흔들며

하늘도 울리어라 만세를 삼창할까

구구하고 잡다한 상념은 그 그림자를 감추고

개인은 십의 백의 천의 만의 억으로 통하며

우리나라 무궁의 기원이 되어

대지에 가득차 하늘에 메아리친다

일본의 만세

저 위로부터 동양의 고도를

뒤흔들고 뒤흔든 만세는

넓이 만 리의 창해를 넘어
그곳에서 민족 해방의 큰 노래 되고
이윽고
지구 모든 나라 민족의
평화와 건설과 축전의 찬가가 된다
일본의 만세

금빛 솔개(金鵄)[51]처럼

이와세 가즈오(岩瀨一男)

나는 기나긴 시간 꿈을 꾸었다

곤륜(崑崙)과 같은 아침놀을

빙설에 닦여 돌풍을 가르고

운해를 뚫고 솟아 천심(天心)에 육박하는 존재

한기를 빨아들여 스스로의 피로 삼고

창공을 제압하며 만고를 살아가는 존재

흔들림 없는 준령(峻嶺)

거대한 바위에서 살며 움직이지 않는 큰 솔개

빙빙 도는 일륜(日輪)의 은혜를 입은

영원한 모습의 그들이 신대(神代)에서와 같이 날아와

맞아들일 그 날을 기나긴 시간 동안 우리는 꿈꾸었다

나는 삼십 년을 살아

삼천 년의 역사를 배우고

삼만 년의 태고를 익혀

이제 이전에 없던 민족의 집결에 직면해 있다

사상은 기치가 되어 뒤섞이고

외교는 생명체의 서글픈 방패가 되어

---

51) 金鵄(きんし). 금빛의 솔개. 진무(神武) 천황이 나가스네히코(長髓彦)를 정벌할 때 활 끝에 앉아 군을 승리로 이끌었다고 한다.

함체를 조종하고 대군을 움직이며
옛 껍질을 떨쳐 버리고 탈피의 아침놀을
함빡 받고 선택받은 나라들
창고(蒼古)를 살아가는 큰 독수리의 나라에 태어나
나는 한 알 보리의 화신으로 천년의 미래를 생각한다
나를 꿰뚫는 윤리는 날개를 얻어
초토의 미개한 하늘을 춤춘다
옛날 옛적의 저 금빛 솔개처럼

바다 밑

우에다 다다오(上田忠男)

대본영 발표(2월 25일 오전 1시 30분) 제국 잠수함은 영광의 24일 밤중 캘리포니아 연안의 군사시설을 포격하여 위대한 전과를 거두었다

옛적 조상이 이 바다 밑에 뼈를 묻고
이제 자손들이 같은 바다 밑에서
조용히 적진에의 접근을 기대하고 있다
그것이 실로 성스러운 숙명인 듯

고요히 바다 밑을 가르는 철선 한 줄 한 줄에
살을 걸고 피를 걸고
열심히 바다 아래서 전투에 임하는『사심』없는 생명의 격렬함이여
지금 격랑의 바다 깊이
물거품 저편으로 나는 용골(龍骨)의 속도를 노려
잠망경 시야에 희미하게 보이는 캘리포니아 주의 포좌(砲座)를 노려
지극히 엄숙하게 자손들은 노래한다
폐하를 위해서야말로 죽으리라

인간의 정점을 초월하여
신과 이어지는 행위에 대하여

먼지로 부서져 후회 없는 충성에 대하여
신의 거친 영혼의 생명을 받은 자손들이
지극히 엄숙하게 다시금 노래한다
바다로 가면 물 속에서 죽으리라고[52]

---

52) 각주 5번 참조.

위대한 아침

에자키 아키히토(江崎章人)

아침, 위대한 저 아침
나는 어린 은어처럼 거리를 달렸다
어젯밤 바람과 함께 날아들어 온
싱가포르 함락의 뉴스여
그날 밤 나는 여느 때와 달리 가슴을 떨었고
아나운서의 음성 또한 떨리고 있었다
아아 이 감격
아아 이 개가

아침, 위대한 저 아침
나는 힘차게 직장으로 향하는 포장도로를 걸었다
거리에는
흥분으로 넘치는 전단이 춤추듯 높이 날고
사람들은 모두 분주히 걸으며
하늘 또한 푸르고 투명하리만치 맑았다
지난밤 어지러이 날던 축하의 불꽃이여
오늘 아침 그 자리에 휘날리는 일장기 아래
나는 즐거운 마음으로 달렸다
이 위대한 행복을 품고

새로운 아침 위대한 아침을

이윽고 영국의 만가(挽歌)가 이렇게 사라진 저편
힘차게 나부끼는 대동아 건설의 계보는
작열하듯 타오르며 울린다
아침, 위대한 저 아침

격멸

에하라 시게오(江原茂雄)

조칙을 내리시는가
진무(神武)의 굳은 결의는 불꽃처럼 타올라 적을 무찌른다

남서로 향하는 낮이나 밤이나
끊임없는 벼락 소리와 함께 비가 내린다
견고한 성도 철벽도 깨뜨릴 영혼에……

괌이 함락되고 홍콩이 함락되었네
마치 삼복더위를 씻어내듯이
마닐라가 함락되고 싱가포르가 함락되었네

이 무참한 모습을 보라
천애의 절벽에서 울부짖는 미국 영국의 모습을

친구여, 새로운 세기의 국민이여
찬연히
은빛 파도가 넘실거리는 날까지
한 척의 군함이든
한 대의 전차이든
뿌리째 잎사귀째 쳐부술지어다

사석

가네무라 류사이(金村龍濟)[53]

대동아의 운명을 사랑하는 마음
백만의 청춘을 대륙의 풀로 우거지게 하여
고귀한 공양의 불을 태우게 한 이 가을!

대동아의 미래를 개척하려는 마음
백만의 청춘을 대양에 잠기게 하여
고귀한 공양의 피를 끓게 한 이 가을!

내 뜨거운 피의 흐름은
싸늘한 구슬로 굳게 엉겨
한 알의 싸우는 바둑돌이 되었네

풍운이 어지러운 반상은
지금도 생사완급의 비상 국면
나는 한 점을 헤집는 무언(無言)의 작은 돌

---

53) 가네무라 류사이(金村龍濟, 1909~1994). 본명은 김용제(金龍濟), 호는 지촌(知村). 충북 음
성 출생. 주오 대학(中央大學)에서 수학하고 프롤레타리아 시인으로 활약했다. 1930년대
후반부터 친일 문학 활동에 나서 제2차 대동아문학대회에 유진오(兪鎭午)·최재서(崔載
瑞) 등과 함께 참가했으며, 일본어로 집필한 『아세아시집(亞細亞詩集)』으로 제1회 총독문
학상을 수상하였다.

싸움이 끝나고 승리하기까지는
어디까지든 움직임 없이, 또한 흔들림 없이
그저 헤집을 뿐, 죽음으로 막을 뿐

아군의 돌들을 살리기 위하여
죽어야 할 장소가 여기에 있다면
옥쇄하여 사석이 되어 주리라

드디어 불행과 죄악의 날이 닫히고
아시아의 하늘에 아름다운 밤이 열리면
우리들 사석도 은하의 성좌로 빛나리라

선전(宣戰)

가야마 미쓰로(香山光郎)[54]

때는 지금 쇼와(昭和) 16년
겨울 12월 8일
새벽달은 서쪽으로 기울고
태평양의 새벽이 다가왔네

하와이 섬 동쪽 끝에서
필리핀 말레이 서쪽 끝에 걸쳐
거친 독수리 날갯짓 소리 들리고
폭탄의 불비는 퍼부었네

이날 구름 위에서 하늘의 소리 있어
하늘 아래 선전(宣戰)의 크신 칙령을 내리셨네
『동아시아의 화란(禍亂)을 조장하고 분수에 맞지 않는 패업을 멋대로 꿈꾸는』
미국과 영국을 치라는 명을

---

54) 가야마 미쓰로(香山光郎, 1892~1950). 본명은 이광수(李光洙), 호는 춘원(春園). 문학자·
언론인·사상가. 평안북도 정주(定州) 출생. 동아일보 편집국장, 조선일보 부사장을 역임
했으며 37년 수양동우회 사건으로 투옥되었다가 반년 후 석방되었다. 39년 친일어용단
체인 조선문인협회 회장이 되는 등 적극적으로 친일 활동에 앞장섰다. 광복 후 반민법
으로 구속되었다가 병보석으로 출감했으나 6·25 전쟁으로 납북당한 후 만포(滿浦)에서
병사한 것으로 확인되었다.

전장의 제자들에게

가와구치 기요시(川口淸)

슈조(修三)

너는 군용 트럭의 손잡이를 꽉 쥐고
밀림 속을 달리고 있겠지
그곳에 포탄이 쾅 소리와 함께 떨어진다
그러자 너는 흐흥 하고 코를 울린다
너라는 녀석은 그런 녀석이지
그러나 말이야
생명을 소홀히 하지 말아라
굳이 죽는 것만이 명예는 아니다
마지막까지 살아 증오스러운 영국군을 때려눕혀라
슈조, 그것이 건전한 군인의 정신이란다
알겠느냐.

다다유키(忠行)

일단 네 조준은 탁월하다
실수 없이 적의 가슴팍을 꿰뚫겠지
그리고 척후로 나서면 또 마찬가지로
주도면밀히 적진의 사정을 수색해 오겠지
이전 네가 우편배달을 하고 있었을 때

수취인 불명의 엽서를 가지고
눈보라 속을 하룻밤 내내 쏘다녔다고 하지
다다유키, 나는 네 성실함에 기대한다
오로지 건강에 주의해라
탄환에 죽을지언정 병으로 죽지 마라.

묵도(默禱)

기타가와 기미오(北川公雄)

말없이 나는 애도한다

삭풍이 부는 광야의 절벽에
남해에 치는 노도의 파도에
미소를 지으며 떠나간 영령(英靈)

장성(長城)의 고립된 성채의 수비
여름풀처럼 밀어닥치는 적을
개를 먹으며 사수한 영령

구름도 머나먼 적의 도시 상공의
위대한 푸름의 짙음은

조국을 위하여 산화한 영령

만세의 무전을 보낸 영령

시신이 풀로 무성해지더라도
시신은 물 아래 잠기더라도55)

시신은 허공에 흩어지더라도
오로지 한결같이 임의 번영을 기원했네

말없이 나는 애도한다
성전(聖戰) 4년, 뜨거운 날의 도로에 서서

55) 각주 5번 참조.

너를 보내며

김북원(金北原)56)

벅찬 감격이 넘치는 깃발 숲에

세기의 새로운 모습이 비치는 아침

우리들은 노래하며 전송하고 그대는 전장으로 떠났다.

꿈으로 향하는 문으로부터

신화의 창을 나서면

낭만이 채색하는 아시아의 뜨락이로다

이 뜨락에

새로운 태양이 떠오르는 봄

가녀린 몸 젊음을 가장하고 그대는 전장으로 떠났다.

남겨진 직장에서 귀를 기울이니

진군나팔이 울린다.

트랜싯(transit)으로 들여다보는 망원경의 시야에

펼쳐지는 새 건설의 현장

동포의 동향에서

동포의 대오(隊伍)를

---

56) 김북원(金北原, 1911~1984). 시인·평론가. 함경남도 홍원 출생. 일제강점기에 만주에서
출간된 『재만조선시인집(在滿朝鮮詩人集)』(1942)에 시 「봄을 기다린다」 등을 발표한 바
있으나 본격적인 작품 활동은 주로 광복 이후라 할 수 있다. 시집으로 『조국』(1946)과
『대지의 아침』(1956) 등이 있다.

동표의 대오에서 그대를 찾으며
나는 뉴스와 더불어 담배 연기를 머금는다.

소년의 결의

김환린(金環麟)

마을 소년들아
태양이 빛나는 남쪽 하늘을 바라보라
지금 동아시아의 대지에
우리들의 새로운 철도가
건설되고 있다는 사실을 너는 알고 있느냐

아득히 포성이 들려온다
보리밭 사이에서 젊은이의 결의는 굳고
국도를 달리는 나팔 소리에
마을의 일장기는, 힘차게 펄럭인다

마을 소년들아
검은 연기가 피어오르는 남쪽 하늘을 보라
여명의 행군이
개선의 나팔이
아, 싱가포르는 함락되었노라
친구여, 니시무라(西村)가 김(金)이 이(李)가
함께 나아가는 날이 드디어 왔도다.

하와이 공습

기무라 데쓰오(木村徹夫)

쇼와(昭和) 16년 12월 8일 오전 3시
그는 아군 비행기와 함께 오아후 섬의 산맥을 아슬아슬하게 넘어
호놀룰루의 하늘에 있었던 것이다
새벽녘 빛 속에서 한 줄기 감빛 벨벳처럼 빛나는 남해
그 위에 놓인 야채 바구니
무장한 미국의 바다 위 낙원에
백여 기의 전투기가 소나비처럼 덮쳤던 것이다
거리에는 동포가 있다는 결의를 눈썹 언저리에 내비친 폭격수는
주택가를 피하여 정확히 군사시설로 투하 장치를 당긴다

진주만에 꿈틀대는 적선에는 급강하는 폭격의 세례라
당황하여 쏘아 올리는 고사포에 원통하게도 거친 독수리는 상처를 입고
결별의 흰 수건을 흔들며 적함으로 자폭한다
굉음 울리는 적함은 불꽃을 올리며
허식을 뽐내는 함정과 함께 샴페인에 만취한 미군 병사들의 꿈은 남해
의 해초 부스러기로 사라졌도다

그 무렵
신비한 예감으로 꿈에서 깨어 나라를 염려하고

남편을 생각하며 신불께 기도하던 일본의 젊은 아내들의 모습을 누가
알리오

아시아의 장미

홍성호(洪星湖)

귀를 기울이면 지축을 흔드는 철화(鐵靴)의 흐름.

적도를 넘어 멀고 먼 새로운 세기를 향한 진군이다. 진격이다.

공간을 가르는 예광(曳光), 예광. 착란하는 서치라이트. 불기둥. 소용돌이 치는 검은 연기.

아, 포효하는 태평양. 불타는 아시아의 하늘이여.

열정의 광풍이다. 의지의 폭풍이다.

말레이. 보르네오. 조호르. 싱가포르.

아, 이 섬, 이 하늘에 찬연이 빛나는 일장기여 울리는 나팔 소리여.

감격의 이 푸른 계절——

남국의 저편, 오리온성좌를 목표로 세차게 흘러가는 이 국민의 피는 아름답다.

이 국민의 생명은 눈부시다.

아시아의 친구여. 십억의 새로운 백성이여.

우리들의 아시아다. 우리 생명의 영역이다. 우리들의 여명이다.

철혈의 흐름이다. 열화의 태풍이다.

날개 치는 승리의 역사와 황혼의 만종이여.

검은 리본의 나비들이여 날아오르라.
꿈의 나라, 신화의 숲으로
아시아의 하늘은 미소한다.
아시아의 태양은 장미로 핀다.

원단(元旦)의 시

고바야시 호료쿠(小林抱綠)

허위의 우렛소리, 재앙의 붉은 구름, 이기주의의 비
대동아를 뒤덮은 사악한 마물이 차차 흩어져 간다
팔굉일우(八紘一宇)의 거대한 무지개가 흰 구름 저편으로 빛나고 있다

그러나 안심하기에는 아직 이르니

영혼을 가라앉히고
우리가 받은 이 손, 이 발을
실로 바쳐야 할 때는 지금이로다

델타[57]

사이키 간지(佐井木勘治)

옛날, 지구 위에 대지 위에
꿈틀거리듯 생존하던 존재는
흔들리는 식물뿐이었던 것처럼
흰 뿌리를 뻗어 미적지근한 물을 빨아들이고
그렇게 유연한 촉수로 공중을 뒤적이듯이
지구 구석구석으로
몸을 구불대며
당신들의 나라는 멋대로 먹이를 구했던 거야

안타깝구나, 델타의 야자수 그늘에서 순수한 마음으로
허망하게 소나기를 맞고 있는 혼혈아 무리……

지금 어쩐 일인지
에테르의 하늘[58]은 불타고 있다

---

57) 삼각주. 양쯔강(揚子江) 델타의 수운지대를 가리킨다. 1941년 태평양전쟁 발발과 더불어
   상하이 공동 조계(上海共同租界)는 일본군에 접수되었다.
58) 에테르(αἰθήρ)란 고대 그리스어로 빛나는 공기의 상층을 가리키며, 아리스토텔레스에
   의하여 천체를 구성하는 제5원소로서 제창되었다. 이후 스콜라 철학에 계승되어 중세
   우주관에서도 천계를 구성하는 물질로 간주되었으며, 물리학에서 빛의 매질이라 간주되
   었던 에테르 및 화학물질 에테르의 어원이 되었다. 특히 화학물질로서는 에틸에테르 발
   견 당시 그 높은 휘발성으로 인하여 '지상에 있어야 할 물질이 아니라 하늘로 돌아가려
   한다'는 의미에서 명명되었다.

과거의 양치식물이나 지의류(地衣類)도

해는 지나치고

빛이 들지 않는 골짜기 바닥이나 바위 사이에서 비참하게 생존했다고……

그렇게 머나먼 선조는

지층 아래서 검게 스러지고 완전히 변해 버린 것이야

라고, 슬퍼하기라도 하고 있는 것처럼

오래도록 사용하여 낡은, 크기만 큰

유니언 잭을 비롯한 기치(旗幟)가

기울어지며 생리(生理)의 물결에 흔들리고 있네

결전보(決戰譜)

사네카타 세이이치(實方誠一)

불타고 있다
활활 불타고 있다
그것은 적의 진영일까
보라 일본의 깃발
동아시아를 이끄는 전투의 깃발
조종(祖宗)의 피를 잇는 우리의 결의

동아시아여
지금이야말로 묵은 밧줄을 끊고
스스로의 동아시아에서 살아가자

그날―그것은 돌연히 나타난다고 한다

극광과도 같은 신비함으로
동아시아의 하늘에 빛을 발하며 풍요롭고 아름답게
미국과 영국에 전투를 선언하다

동아시아여
새로이 밝게 번영하기 위하여

우리들과 함께
이 한순간조차도 느슨해지면 안 된다고

아아 불타고 있다
활활 불타고 있다
그것은 적의 진영일까
우리 가슴에 끓어오른 피의 흐름일까

여성의 기도

시바타 지타코(柴田智多子)

『황군의 무운장구를 기원하며, 영령(英靈)에 감사하고, 후방에서의 봉사를 맹세하며 묵도……』
이것은 국민이 매일 올리는 기도입니다.

여성인 나는 또 하나의 기도를 더하고자 하니.
출정 유가족께 감사하고, 물심양면으로 일체의 평안과 행복을 염원합니다, 라고.

아버지를, 아들을, 남편을, 형제를 바치고, 조신하면서도 늠름하게 가정을 지키는 어머니여, 아이여, 아내여.
애련한 그 나날에 엄숙하게 양손 모아 기도합니다.

눈 내린 아침, 바람 부는 한밤, 인정의 폭풍우에 그대로 드러난 마음 마음에, 부디 바라고 바라는 마음의 안온함.

포근히, 그리고 사랑스레, 배를 가득 채운 아이의 얼굴은 어머니에게 있어 이 세상의 천국. 적어도 아이의 세계만은 만족스럽고 풍성하게 지킬 수 있도록.
부디 바라고 바라는 물질적 축복

잠에서 깨어난 아침과 밤의 잠자리에서 몸을 단정히 하고 기원하는 것은 가정을 지키는 어머니와 아내와 아이에게, 오늘도 물심양면으로 일체의 평안과 행복이 있기를.

아내의 결의

시마이 후미(島居ふみ)

돌연 선전포고의 칙명이 전달된
거리에 넘쳐흐르는 긴장과 기쁨

드디어 나서야 할 때가 왔노라고 조용히 미소하는 남편
또 갈 수 있다고 예전 남편의 전우는
무심히 웃는 어린 자기 자식을 안아 올린다
내 가슴은 긴장으로 저미고
새로운 결의로 눈시울이 뜨거워진다

이날 밤 나는 가미다나(神棚)[59]에 등불을 바치며
소집영장을 가져올 구둣발 소리를
귀를 기울여 기다리고 있다
불려갈 날도 없는 여자의 몸으로 적어도
의복을 단정히 하고 마음을 깨끗케 하여
언제 구둣발 소리가 현관에 울리든
일억의 마음을 마음으로
남편의 영장을 기쁜 마음으로 삼가 받들 수 있도록
나는 마음을 다잡으며 기다리고 있다

---

59) 각주 31번 참조.

유채꽃

—남지나(南支那) 전선의 가토(加藤) 소위에게 보내다—

신동철(申東哲)

눈부신 남지나의 유채꽃밭 속에서
병사는 신들의 탄생을 실현하다.

여러 마을의 농민들은
유채꽃밭 속에 멈추어 선
병사의
보이지 않는 찬가의 공간 공간의 광택에
마음 펄럭이는 깃발의 푸른 하늘을 발견한다

운명은 시간의 가슴에 새로운 별과 함께 빛나고 투명한 언론은
역사의 입술에서 생명처럼 떨어진다.

오늘도
내일도
영원한 공간
유채꽃은 무성히 피어나고
유채꽃은 병사의 가슴을 흐른다.

성전송(聖戰頌)

시로야마 마사키(城山昌樹)

남쪽 변경의 땅 위에
또는 소용돌이치는 검은 물결 위에
일장기는 꽃으로 피어나고
아시아의 광명의 새벽은 왔다

오오 일본의 신들의 준열한 의지여
신병(神兵)을 태운 거친 독수리는 창공을 비상하고
신병을 태운 군함은 거친 파도를 가르며
시원스레 유유히 나아간다

아아 웅혼한 구상은
야자 잎 그늘에 꾸물거리는
복종 않는 자들을 복종시켜
일장기는 새로운 아시아 건설의 측량기(測量旗)
더불어 장애물은 분쇄된다

지금, 건국 초창(初創)의 이념으로 살아가는
국민—일억의 머리 위에
이윽고 영광스런 승리의 관이
찬연히 빛나리라

위대한 해

스기모토 다케오(杉本長夫)

들어라 나의 변변찮은 음성을
잔에 차오르는 술처럼
내 기쁨은 가슴에 차오른다
낮게 떠돌던 기나긴 꿈으로부터
곱게 물든 구름의 문은 열리고
맑디맑은 신생(新生)의 별들
영겁의 발족을 축복했고
12월의 어두운 하늘에서
붉은 장미꽃은 피어나네
다가올 아침의 종소리도 울렸네
아름다운 황국의 위대한 해
밀려오는 사해의 격랑도
외적의 원수들도 물거품이라
여러 손들이 굳게 이어진
우리 조국의 산하에
위대한 해는 왔도다

선전(宣戰)의 조칙을 받자와

다카시마 도시오(高島敏雄)

겨울잠에서 박차고 일어난
아, 이제야 눈을 뜬 잠자는 사자
밀려오는 광란의 성난 파도를
무언의 인내와 노력으로
저 곳의 바위와 같이
의연히 대기하고 있으니
눈이 먼 녀석들은 가련하도다
무턱대고 반기를 치켜들어
결국 우리 손을 건드리네

알라! 하늘처럼 아득히 넓은 마음을
아무도 없는 황야를 성난 말처럼 나아가는 것과 같이
우리 황국민
이제야말로 결연히 일어선다
황공하게도 높으신 천자의 어심을 근심케 하니
알고 있느냐 저 미영 양국의 녀석들아
이 일억 국민의
분노로 타오르는 투지를
무한의 보고 대동아의 여명은

지금 우리 앞에서 무너졌노라

건설을 저해하는 수많은 고난

우리는 거리끼지 않고 단호히 나아가리

필승의 신념 아래 선전(宣戰)의 조칙을 받들고

타도 불의의 도배

보라 이 대승리를

들으라 일억이 만세를 외치는 소리를

싱가포르 함락

다나카 하쓰오(田中初夫)

공략 후 고작 70일
싱가포르는 맥없이 무너졌네

영국의 동양 식민지 착취의 거점으로서
대일 포위진 강화의 요지로서
완벽을 세계에 과시하던 난공불락의 요새
싱가포르는 지는 해처럼 사라졌다네
생각하라 10년을 부지런히 구축한 전비(戰備)가
어찌 끝도 없이 무너져 사라졌는가를
그리 생각하니 폐하의 위광은 한이 없음이며
충성으로 관철된 황군은 폭풍보다 격렬했음을

나 함락의 뉴스를 눈물로 들었네
조국의 위대한 진리
순수한 진리의 아름다움
실로 조국의 증거는 세계에 드러났노라

모든 장애는 흙덩이처럼 무너졌도다
모든 폭정은 물거품처럼 부서졌도다

신생(新生)의 국가 경영이 엄숙하게 시작되었도다
우리는 정의와 더불어 있고
아름다움과 더불어 있고
뭇 신들의 마음과 더불어 있고
우리 행하는 바 눈물과 더불어 청정하니
우리의 발자국 소리 이제 세계에 울려 퍼지리라

세기의 아침

다니구치 가즈토(谷口二人)

황기(皇紀) 2602년[60]의 위대한 새벽이 밝았다

태양빛이 창생(蒼生) 위에서 빛나고 하늘은 에메랄드빛이다

희망으로 환희작약 일억의 민초 제국에서 생을 받음을 기뻐한다

12월 8일 선전(宣戰)의 조칙이 국내외에 발포되어

미국과 영국에 단호한 응징의 철퇴를 내리고

성난 파도 소용돌이치는 대양에서 적을 분쇄

육지, 바다, 하늘에서 혁혁한 전과를 올리고

폐하의 방패가 되어 스러진 동포를 그리네

이제야말로 동아시아 십억 민족을 질고에서 해방시켜야 할 때가 왔노라

이것은 제국에 부과된 천명이라

이 감격—

이 이상의 감격이 또 있으랴

---

60) 1942년을 가리킨다. 각주 20번 참조.

뜨락에서 노래하네

조우식(趙宇植)61)

어딘가에서 봄의 징조가 불어와 계절은 부풀어 꽃이 피고

차분한 바닷바람에 이끌려 뜨락 가장자리에서 휴식을 취한다

산비둘기를 끌어안고 귀를 기울이면

가라앉아 고이는 체온에 내 볼은 달아오르고 피부를 꿰뚫으며 되살아
나는 것

그것은 영원으로 전하는 선조의 혈액이었다 남방의 인연이었다

☆

하늘에 금빛 솔개62)의 은총이 찬란하고 느긋한 기압이 상쾌하게 바뀌
어 가며

기도 속에서 타는 세월의 횃불에 군복은 변모하고 위험한 항로

풍속의 차이가 무늬를 자아내는 남방의 뜨락에 밤마다 별은 반짝이고

우리들 형제의 기백은 고동치며 동양 평화의 날도 차차 그 빛깔 뚜렷해
진다

☆

61) 조우식(趙宇植, ?~?). 일본명은 시라카와 에이지(白川榮二). 일제강점기의 시인·작가·화
   가·문학평론가·언론인. 1941년 1월 잡지 『조광(朝光)』에 산문 「예술의 귀향 — 미술의
   신체제(藝術의 歸鄕 — 美術의 新體制)」를 발표하면서 문학과 언론 활동에 전념하는 한편
   일제에 적극 협력하게 된다. 1943년부터 1944년까지 잡지 『문화조선(文化朝鮮)』 촉탁기
   자(1943년 4월 전후~1944년 2월), 『농공지조선(農工之朝鮮)』 편집장(1944년 3월), 조선
   문인보국회 시부회 기관지 『국민시가(國民詩歌)』 편집위원(1944년 3월) 등을 역임.
62) 각주 51번 참조.

아버지여, 나는 성장했소
해저에 잠든 삼백 년의 비가에 뜨겁게 맹세하니
역사의 꽃을 지키고 싶소

☆

격동하는 바다의 의식에 삼천 년의 역사는 되살아나
맑은 청년의 육체는 풍요히 열매를 맺네
번영해 가는 착실한 욕구 빛나는 사념
나는 여기서 분발하여
갈 수 없는 몸의 비애에 강인한 보행을 새기고
병참의 뜨락에 아름다운 생의 보고를 구축하며 동무를 기다리네

☆

이곳은 영원한 전통이 숨겨진 뜨락

기원 이천 육백 제이년[63]

데라모토 기이치(寺元喜一)

가시하라(橿原)[64]의 옛 선조를 축복하는 날

고요히 눈을 남고 있자니

축복의 노래는 거대한 폭포수 같아

넓고 푸른 대해를 나아가는 군함이 파도를 헤치는 것 같아

생각하니 척안(隻眼)의 노무라(野村) 대사[65]

풍운이 급변하는 태평양을 건너

워싱턴에 도착함은 지난해의 기원절(紀元節)

인내 10개월 드디어 불을 내뿜는 불꽃의 바다 태평양

오늘 밤에야 남방권으로부터 뉴스에 실려 온 쾌보여

황군 드디어 싱가포르 시가에 돌입하다

아아 싱가포르는 떨어졌다네

---

63) 각주 20번 참조.

64) 나라 현(奈良縣) 중서부의 시. 가시하라 신궁(橿原神宮)의 소재지이며 사적이 풍부하다. 가시하라 신궁은 1889년 창건된 신사로, 제신(祭神)은 일본의 초대 천황으로 일컬어지는 진무 천황이다. 신사가 위치한 장소는 진무 천황이 즉위한 우네비노카시하라노미야(畝傍橿原宮)의 옛터라 전한다.

65) 노무라 기치사부로(野村吉三郎, 1877~1964). 해군 군인·정치가·외교관. 와카야마 현(和歌山縣) 출신. 1932년 4월 29일 상하이(上海)에서 개최된 천장절(天長節) 축하회에서 윤봉길(尹奉吉)의 투탄 의거에 의하여 오른쪽 눈을 실명했다. 국제법의 권위자로서 외무대신 역임 후 주미대사로 임명되어 태평양전쟁 개전에 이르기까지 미일외교에 진력했다.

대동아 이미 미국 영국의 요마(妖魔)를 물리치고

드디어 태평양 세계의 대일본 되려 하네

아아 이제야 일본은 세계의 중심이 되어

이제야 세계의 길은 일본으로 통하네

장려한 태평양을 대부분 두른 아름다운 대일본

가무야마토이와레히코노스메라미코토(神日本盤余彦天皇)[66]

온 세상을 하나로 묶는 것이 좋지 않은가 말씀하셨던 날은 실로 오늘 아닐까

---

66) 일본의 초대 천황이라 전하는 진무 천황의 일본식 시호(和風諡号)

탄생일

자아 오로지 신 앞에 무릎 꿇고

부처님 앞에 합장하며

황도(皇道)를 기원하고 부조(父祖)의 영에 맹세하는 거야

자아 이리로 와서 팥밥[67]을 먹으렴

머나먼 조상 때부터 길조의 상징이었던 이 팥밥을

통째로 구운 도미[68]란다

순수하고 담백한 맛은 옛 조상 때부터의 최고로 치는 것이었지, 먹으렴

오늘은 네 탄생일이야

오늘 이날 싱가포르에서는 군인들께서

둘도 없는 조국을 위하여

둘도 없는 생명을 던져

아수라처럼 돌진하고 있지

오오 그 우렁찬 함성이 들리는 것 같아

보려무나 어느 집이든 일장기가 힘차게 휘날리고 있어

이 떠오르는 해 아래

모두들 모두들 손을 잡고

---

67) 일본에는 축제나 생일 등 경사스런 날에 팥밥을 짓는 풍습이 있다.
68) 꼬리와 머리를 제거하지 않은 원형 그대로의 생선. 신에게 공양하거나 경사스런 축하일
    등에 올린다.

1942년 3월 특집호 93

설령 가난할지라도 언제나 밝고 굳세게

천자님 아래서 그 몸이 빛을 발하듯

국민으로서의 대도(大道)를 힘차게 나아가라

저 옛날 변방 수비병의 자식들은

그저 하나같이 어머니 손에서 키워졌지

언젠가 폐하만을 위한 방패가 되어 전장으로 떠난다

그 아버지가 세상을 떠난 뒤에도

봄의 새싹처럼 쑥쑥 싹을 뻗어

이 나라의 대지를 딛고 자라나는 아이들

아아 영원한 황국의 은총을 받은 신의 아이들이여 빛을 발하라

산지기

니노미야 고마오(二宮高麗夫)

태백산백의 저 깊은 골짜기,
부패한 이끼 향을 몰고 오는 밤바람을 타고
『쿵쿵』하고,
학처럼 외치는 울림이 있네.
그 소리는,
급류의 물살 위를 뚫고
소나무 사이를 달려,
바로 산봉우리를 올라 목성에 도달했네.
아아
깊은 밤 산지기 한 사람,
램프를 끄고 어둠 속에 단정히 앉아,
눈물을 머금고 라디오를 듣네.
싱가포르의 적 오늘 밤 항복했노라고.

축 싱가포르 함락

히카와 리후쿠(陽川利福)

ABCD 선[69] 진한 붉은빛으로 물들었네

삼백 년 죄악의 역사에 종지부를 찍는 피의 제물이었노라

한편 대동양 십억의 감격이 격류하는 날이라

아아 2월 15일 오후 7시 50분[70]

피로 물든 일장기 펄럭인다

야자수가 선 언덕의 터럭이 풍성한 신

황군 용사들 멀리서 배례하네

실로 실로 온 세상에 빛나는 신화의 아침이라

동아시아 27세기 2년째[71]의 성스러운 봄이라

푸른 귀신(靑鬼)[72]의 섬 싱가포르 함락되었도다

영광스런 모모타로(桃太郎)[73]의 날이 왔도다

---

69) ABCD 포위망(ABCD encirclement). 동아시아에 권익을 소유한 국가들이 1941년 일본에 시행한 무역 제한에 대하여 일본 측에서 붙인 명칭. 「ABCD」란 제한을 시행한 미국 (America), 영국(Britain), 네덜란드(Dutch) 및 대전국이었던 중국(China)의 머리글자를 늘어놓은 것이다. ABCD 포위진, ABCD 경제 포위진, ABCD 라인이라고도 불렸다.

70) 각주 8번 참조.

71) 각주 20번 참조.

72) 불교 및 음양도에 기반한 상상 속의 괴물. 인간 비슷한 형상에 머리에는 뿔이 달려 있고 전신이 푸른빛을 띠며 지옥에 산다고 한다.

73) 일본의 전래동화 중 하나이자 그 주인공의 이름. 냇가에 흘러온 복숭아 속에서 태어난 소년 모모타로(桃太郎)가 노부부에게 양육되고 성장하여 개·원숭이·꿩을 데리고 오니 가시마(鬼が島)의 귀신을 퇴치하고 금은보화를 손에 넣어 돌아온다는 이야기.

세계 공영의 봉화 곤륜에 올랐도다

세계여 금구무결(金甌無缺)[74]의 걸작을 우러를지어다

---

74) 흠집이 전혀 없는 황금 단지라는 뜻으로, 외세의 침략을 받은 적이 없는 당당한 국가를
   비유하여 이르는 말.

달걀 경영

히라노 로단(平野ろだん)

닭은

날마다

날마다

실로 고운 달걀을 낳는다

닭을 기르는 나는

날마다

날마다

아무런 대가도 없이

둥지에서 달걀을 가져간다

그러나 어느 날 아침 나는

퍼뜩 깨닫고 멈칫하고 말았다

이것이다!

이것이 동양인이다!!

가장 많은 알을 배고 가장 많은 알을 낳더라도

결국은 생명의 싹을 착취당하는 너!

닭이여!

너야말로 가련한 동양인이었다

아아 오래도록 교묘하고 교활한 앵글로색슨의 탐욕스런 경영을 겪었으

나, 안심하라 동양인이여

알고 있는가 어젯밤 하늘 가득히 별이 찬란히 내렸다는 것을

전승의 세모(歲暮)

히라누마 분포(平沼文甫)[75]

2601년[76]은 감격과 흥분 속에서 저문다
만일 이 전투가 없었더라면 우리의 송년 인사는 평범했을는지도 모른다

2601년 12월 8일……
역사는 드디어 새로운 궤도로 접어들었다
기나긴 시간 동안 타인의 손에서 멋대로 휘둘린 동아시아를
우리 손에 되돌리기 위한 전투가 시작된 것이다
육지에서 바다에서 하늘에서 무적 황군의 승전보가 전해진다

뉴스 속보 게시판에 모여드는 사람들
라디오 앞에 몰려드는 군중
감격과 긴장과 흥분으로 주먹을 움켜쥐고 함성을 올리는 민중에게 총
검을 쥐게 하라

---

75) 히라누마 분포(平沼文甫, 1914~?). 본명은 윤두헌(尹斗憲). 일제강점기와 조선민주주의인
   민공화국의 작가·문학평론가. 함경북도 출생. 초기 행적에 대해서는 거의 알려진 바가
   없다. 1942년 3월 조선국민시가연맹이 발행한 본 잡지『국민시가집(國民詩歌集)』에 태평
   양전쟁을 찬양하고 전시 체제를 선전하는 내용의 시「전승의 세모(戰勝の歲暮)」를 발표
   하면서 문단에 등단. 1942년부터 1945년까지 여러 신문과 잡지에 일제의 내선일체와 황
   민화 정책, 일본의 침략 전쟁을 찬양하는 내용을 담은 산문을 기고했다.
76) 각주 20번 참조.

340년간 착취와 압제의 말발굽에 유린당한 십억 민중에게
복수와 설욕의 기회를 부여하라

전쟁은 역사를 생성하는 천재이다
그렇기에 나는 일어선다
난관에 부딪히더라도 장애물과 맞닥뜨리더라도
십억 민중과 함께 나는 일어서 싸우고, 그리고 이기리라

아시아에 드디어 아침이 왔다
눈을 떠라 십억 동아시아의 주인……
진군나팔이 들려온다
성전(聖戰)은 지금 우리들을 부르고 있는 것이다

싱가포르 함락

히라누마 호슈(平沼奉周)

우리들은 마음을 갈고 닦습니다
정성스레 갈고 닦습니다
그리고
황국의 도리에 몰두합니다
이 길이 험난하고
설령 발꿈치가 터져 피가 나더라도
고통스럽다고는 말하지 않습니다
지금 싱가포르가 함락되었습니다
삼백 년에 걸친 그들의 전횡이 막을 내린 것입니다
우리들은 기쁩니다
그들의 행적을 돌이켜보면 사악함뿐이었습니다
우리들은 더더욱 마음을 갈고 닦습니다
지금도 전투 소리에 귀를 기울이며
형들의 무운을 기원합니다
캄캄한 오늘 밤이지만
내일 아침은 크게 밝아 올 테니까
여러 겹 구름이 흐름을 따를 테니까요
그러나 비가 내릴지라도
우리들은

저 높이 커다란

일장기를 치켜들고

그쪽으로 향하겠습니다

축제

히로무라 에이이치(廣村英一)

화려한 축제는
일억의 영혼이 발한 정의의 포성에 흔들리며 열렸다

축제의 환성은 우주를 뒤흔들고
세기의 합주는 바다와 육지에 울리며
민족의 우렁찬 외침은 위대한 건설을 추진하고
그것은 예전에 없었던 장대한 역사의 조각이었다

일억의 생명은 화려한 축제의 맹주이다
악한 족속 무리는 축제의 함성을 두려워하며
파멸의 봉화를 올리고 멸망의 심연으로 무너져 떨어졌다

보라 지금 지구상의 화려한 축제를
들으라 지금 헌걸차게 울리는 축제의 연주
아아 아시아 민족 환희의 축제는 화려하게 막을 열었다——.

말레이 폭격

박병진(朴炳珍)

숭엄하도다, 폭탄의 폭발!

범용한 존재를 분쇄하는 힘

순식간에 천지를 뒤흔드는 폭음

열대의 삼림에서 포효하는 맹수도

붉게 타오르는 하천에서 날뛰는 독을 품은 미물도

꼬리를 말고 움츠러들 폭음

그러나 주민들은 그 폭음을 기꺼워한다

그것은 핍박당한 민족에

강렬한 힘과 반향을 부여하기 때문이다.

어떠한 신의 신비한 그 폭음은

아시아 민족의 해방을 알리는 경종이다.

삼백 년!

기만과 착취를 일삼으며

영화를 한껏 누린 백인의 꿈도

지금은 공포와 전율의 밑바닥으로 떨어져

왜곡된 데모크라시 위에서

정의의 불꽃은 번뜩이고

엄숙한 판결이 그들에게 내려진 것이다.

오오 숭엄하구나 그 폭격

엄청난 음파가 울려 퍼지는 곳
희망과 건설의 울림이 파도치고
아시아는 부흥에 눈뜨려 하고 있다.

신화(神話)

마스다 에이이치(増田榮一)

옛날 언제였는지도 모를 태고의 일이었다. 신들은 남쪽 바다에 살고 계셨다.

끝없이 푸른 하늘과 바다가 어우러지는 그 부근에 섬이 있고, 신이 통치하셨다. 신은 지상에 풍요로운 산물과 눈부실 정도의 태양을 내려 주셨다. 하루에 한 차례 내리는 스콜 또한 신의 크신 배려에 의한 것이었다. 주민은 순박했다. 아무 것도 의심하지 않았다. 아침저녁으로 신께 감사의 기도를 올리며 한낮에는 빈랑(檳榔) 나무 그늘에서 평온한 꿈을 엮었다. 달이 삼라만상을 정화할 무렵 구릿빛 피부도 금세 알 수 있을 만큼 술기운을 띠고 젊은이는 방황하며 소녀들은 가믈란77)의 애조 어린 선율에 따라 바스트라78)의 움직임도 선명한 레공 춤79)을 추었다. 촌동80)에게 진주의 보반동81)을 선물한 것은 누구일까. 이곳 남해의 고도에서는 애무와 잠과 음악이 생활의 전부였다.

그러나 드디어 시련의 때가 왔다. 신은 냉엄한 진실을 사랑하셨다. (안일은 허망한 행복에 지나지 않고 그대들을 그르치는 것이로다. 가라, 운명은 별 아래서 결정되리라.) 신탁은 내려졌다. 신의 뜻은 절대적인 것이었다. 이리하여 생생유전

---

77) 인도네시아의 타악기 중심의 합주 형태 및 그 악기들.
78) 산스크리트어로 '천'을 의미하며, 의례에 착용하는 화려한 의상.
79) 인도네시아 발리 섬의 민속무용. 아름다운 여성의 춤이다.
80) 레공 댄스에서 처음 등장하여 춤추는 역. 두 명의 여성이 각각 왕자와 왕녀를 연기하며, 한 명의 소녀가 이들을 따르는 여관(女官)인 촌동 역을 맡는다.
81) 목과 가슴에 다는 화려한 장신구.

(生生流轉)의 업고가 영혼을 단련하고 공동의 윤리를 가르치며 그 여정 끝의 북방의 성좌에 창조의 역사를 약속한 세월은 흘렀다. 역사의 창조자는 남쪽 고국(故國)으로의 회귀를 생각했다. 새로운 숙명을 짊어지고 출발하는 젊은이의 가슴에는 향수의 혈맥이 고동치고 있었다.

위대하도다 일본의 이날

야마다 아미오(山田網夫)

위대하도다 일본이라는 나라

우주를 떠도는 수억만의 별 부스러기와

망망한 대양의 은빛 파도 거친 물가의 잔모래와

고조께서 다스리셨던 이 영광스런 국토

위대하도다 일본의 수호군

거대한 봉화를 이제 쳐들어 적을 정벌하고 북쪽 지역과 남쪽 바다와

뜨거운 영혼으로 개가도 찬연한 철석의 군대

방공 초계 위문 센닌바리(千人針)[82]로 이 나라를 지킨다

민초 일억

위대하도다 일본의 국기

숭엄히 『백지에 붉게 태양을 물들이고』[83] 드높이 휘날리며

아시아 하늘에 열대의 끝에

황군의 기치와 더불어 번영을 누리는 민족

이를 태양신으로 우러러 받들었노라

---

82) 각주 4번 참조.
83) 심상소학창가(尋常小學唱歌) 「히노마루노하타(日の丸の旗)」를 가리킨다. 다카노 다쓰유키 (高野辰之, 1876~1947) 작사, 오카노 데이이치(岡野貞一, 1878~1941) 작곡. 가사는 다음 과 같다.
   一、白地に赤く 日の丸染めて ああ美しや 日本の旗は(백지에 붉게 태양을 물들이고 아아 아름답구나 일본의 깃발은)
   二、朝日の昇る 勢い見せて ああ勇ましや 日本の旗は(아침 해 뜨는 힘찬 기세 보이고 아 아 용맹하구나 일본의 깃발은)

위대하도다 일본의 미래 면면히 이어진 2602년[84]

아아

위대하도다 일본의 이날 2월 16일. (싱가포르 함락을 전해 듣다.)

---

84) 각주 20번 참조.

반도인의 말

야나기 겐지로(柳虔次郎)

눈을 뜨니
세차게 울리는 바람이 불고 있었습니다

집도 초목도 날아가
들판에 망연히 서 있었습니다

몇 줄기의 강이 하나의 흐름이 되어
그때 눈앞을 도도히 흘러갔습니다

나는 쓰러진 내 그림자를 일으키고
웃으며 새로운 태양을 힘주어 잡았습니다

위대한 아침

요코우치 가즈호(橫內一穗)

지난날
신의 뜻에 따라 칙명을 받자와
기꺼이 바친 이 생명, 이 충정에
위대한 아침은 다시 왔노라

그러니 보라
남해의 물가에, 고도에
온 세상 널리 휘날리는
위대한 일장기를——

그러니 들으라
충성을 다한 승리의 함성을, 우렁찬 외침을

폐하의 위광 아래 새로운 기쁨과
공영(共榮)의 개가를——

그러나 생각하라
저 충성의 이슬로 떨어진, 다수
그 분들의 유훈(遺勳) 길이 이어지리

쇼난토(昭南島)⁸⁵⁾의 이름과 함께――

위대한 아침
우리 대지를 밟는다 역사 위에서
벅차오르는 감격으로 다리는 떨리고
대동아 십억의 다리는 약동한다

---

85) 영국의 항복 후 일본 육군에 의한 군정 실시와 더불어 싱가포르의 명칭은 「쇼난토(昭南島)」로 개칭되었다.

신월(新月)

요시다 쓰네오(吉田常夫)

황금색 빛으로 불타올라 하늘도 땅도——
아득한 선조들의 기질 그대로
충절을 다한 몸은 지평선 끝으로 산화했다
그리고 붉은 작은 꽃 꽃
후룬베이얼 초원86)에
빙그레 미소를 짓고 있는 부서진 총좌(銃座)
내일은 그대들의 꽃잎을 쥐고
씨앗을 흩뿌리는 것이다
시류의 변화에 초연히 피어
세대를 초월하여 향기를 내리라
노모(老母)의 조용한 말과 함께
대륙의 검 끝은
오늘밤도 달이 되어 북쪽 끝을 찌르고 있다

---

86) 네이멍구 후룬베이얼에 위치한 대초원. 세계 3대 초원의 하나로 몽골 족의 발상지이자
네이멍구의 주요한 목축구이다.

12월 8일
─야스쿠니(靖國)의 신께─

요시다 미노루(吉田實)

금빛 솔개[87]에 비할까

시리게 맑은 하늘의 전투기를

그 폭음을 그대로 듣네

하늘 가르며 나아가는 전투복

아아 영령(英靈)이여

그 옛날의 변방 수비군들이여

용맹한 칠생보국(七生報國)[88]의 우렁찬 외침을.

졸렬하나마 나 역시

신의 위광 아래의 국민이니

그 분들의 공훈과 맞서 경쟁하듯

그 분들의 수호에 분발하여 나아간다

남국으로 대양으로

---

87) 각주 51번 참조.
88) 일곱 번을 다시 태어나더라도 나라의 은혜에 보답하겠다는 의미로, 남북조 시대(南北朝時代)의 무장 구스노키 마사시게(楠木正成, 1294~1336)가 자결을 앞두고 한 맹세로 전하는 「七たび人と生まれて、逆賊を滅ぼし、國に報いん(일곱 번 사람으로 태어나서 역적을 멸하고 나라에 보답하리라)」에 유래한다. 태평양전쟁 당시 충군애국을 강조하는 슬로건으로 널리 사용되었다.

야스쿠니의 영령
태양의 깃발로 붉게 피우리라고
외적을 정벌하러 나설 것이라

세기의 깃발

양명문(楊明文)89)

세기의 깃발은 휘날린다
바다로 육지로 휘날린다
세기의 깃발이 설 자리
우리들 일억이 설 자리

동양의 영원한 평화를 지키는
우리 깃발은 나아간다
조국 일본, 붉은 해가 뚜렷한
세기의 깃발은 나아간다

고귀하게 울리는 포성은
정의와 질서를 세운다
세계의 새 질서를 세운다

세기의 깃발이 설 자리

---

89) 양명문(楊明文, 1913~1985). 호는 자문(紫門). 시인. 평양 출생. 1942년 센슈 대학(專修大學) 법학부를 졸업하였으며, 1944년까지 도쿄에 머무르며 문학 창작을 연구하였다. 광복 후 북한에 머물러 있다가 1·4 후퇴 때 월남하였다.

역사는 유구한 삼천 년
우리 상서로운 기둥을 안고
지구 탄생 이래 없는
이 성스러운 대업을 이룩하기 위하여
우리 모두가 깃발을 흔든다.

세기의 깃발은 휘날린다
바다로, 육지로 휘날린다
세기의 깃발이 설 자리
우리들 일억이 설 자리

불야신(不夜神)

유하국(柳河國)

밤새도록 잠들지 않고
조국의 장엄한 역사에 대하여 떠올린다
그런 밤 나는
잠들지 않는 신이 된다
많고 많은 자들의 오장육부에
정열을 불러일으킬 이름을 남긴 자는
이전에 불타 사라졌을 터

아아, 그러나
나의 육체는 이 날
국민의 의무를 다하네
한없는 흥분과 결의의 분류(奔流)는
숨겨진 힘이니
지금껏 깨닫지 못한
아아 나는 잠들지 않는 신이어라

국민시가연맹 규약

제1조 본회는 국민시가연맹이라 칭한다.

제2조 본회는 국민총력조선연맹문화부 지도하에 고도 국방체제 완수에 조력하기 위하여 국민총력 추진을 지향하는 건전한 국민시가의 수립에 매진한다.

제3조 본회는 전조의 목적 달성을 위하여 이하와 같은 사업을 시행한다.

1. 잡지 『국민시가』의 지지
2. 강연회, 연구회, 전람회 등의 개최
3. 기타 본회의 목적 달성에 필요한 사업

   『국민시가』 발행에 관한 규정은 별도로 정한다.

제4조 본회의 목적에 찬동 협력하는 자를 회원으로 한다.

제5조 회원의 자격을 지닌 자는 투고와 동시에 회비 3개월분 이상을 미리 납부하는 것으로 한다. 당분간 회비는 월액으로 이하와 같이 정한다.

• 보통회원 60전   단카(短歌) 10수 혹은 시 10행 이내를 기고할 수 있음
• 특별회원 1원   제한 없음

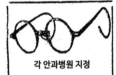

제6조 회원 중 상당한 경력을 소유한 자를 동인으로 한다.

　동인에 관한 규정은 별도로 정한다.

제7조 본회에 이하와 같은 임원을 둔다.

　상담역　약간명

　간　사　약간명

제8조 본회에 고문을 임명할 수 있다.

제9조 본회의 사무소는『경성부 광희초 1초메 182번지(京城府光熙町 一丁目
　　　一八二番地) 국민시가발행소 내』에 둔다.

제10조 본회는 지부를 설치할 수 있으며, 지부 설치에 관한 규정은 별도
　　　로 정한다.

투고 규정

1. 원고는『경성부 광희초 1-182 국민시가발행소』앞으로 송부할 것.

1. 원고는 매월 10일 도착을 기한으로 익월호에 발표한다.

1. 회비 송금은 우편대체로『경성 523번 국민시가발행소』앞으로 불입할
　 것.

[후기]

　본서는 『국민시가연맹』에서 편집한, 대동아전쟁에 관한 국민시가집입니다.

　본집에 수록된 작품은 주로 『국민시가연맹』 가입자의 작품이지만, 본집 간행 목적에 찬동하는 일반에서의 투고작도 가능한 한 채록하려 노력했습니다.

　본집은 무훈에 빛나는 제국 육해군 장병 각위께 본집을 통하여 우리들의 감사의 뜻을 전달하고 아울러 그 영광스런 수고를 위로하고자 생각하여, 약 1천 부를 증쇄하여 헌납할 예정입니다.

　황국의 새로운 국민 정서의 건설을 목표로 나아가고 있는 우리 『국민시가연맹』의 첫 번째 작품집이 이상과 같은 목적을 위하여 간행될 수 있었다는 사실을 저희들로서는 가장 큰 기쁨으로 삼아, 더더욱 노력함으로써 대동아 문화 건설의 전사가 되고자 그늘에서 일동이 맹세하는 바입니다.

쇼와(昭和) 17년(1942년) 3월

국민시가연맹

정가 50전 송료 1전

1942년 2월 25일　인쇄 납본
1942년 3월 1일　　발행

편집 겸 발행인　　미치히사 료(道久良)
　　　　　　　　　경성부 광희초 1-182
인쇄인　　　　　　신영구(申永求)
　　　　　　　　　경성부 종로 3-156
인쇄소　　　　　　광성인쇄소(光星印刷所)
　　　　　　　　　경성부 종로 3-156
발행소　　　　　　국민시가발행소(國民詩歌發行所)
　　　　　　　　　경성부 광희초 1-182
　　　　　　　　　우편대체 경성 523번

국민보건에
고려인삼정차

일어이 한마음으로 · 대동아전 완수

발매원 회사 아시아무역공사

한명본
경성부 남대문통 1-22
전화본국 1686번

상쾌하고 향도 그윽하게
이것은 결전 체제 하에서
강력히 권하는 체력 증강의 정차

정가 ¥0.80 2.20 5.00

대동아전 완수로

가정에서도 전진 총진군

경성
미쓰코시

고도의 영양 보급에……

를

피부와 점막과 골격을 강인하게
하고 저항력을 배양함에 있어
지용성 비타민은 반드시 필요한
요소입니다. 매일 2정의
할리바로 이 성분이 효과적으로
보급됩니다.

오백정……십원 오십전

『국민시가집』 1942년 3월 특별호 해제

(1)

1차 대전 이후의 경제 대공황으로 인한 세계적 정세 불안 속에서 독일·이탈리아·소련은 일당 독재 체제를 수립하고 식민지 수립을 위한 대외 팽창 정책을 전개하게 된다. 이러한 전체주의의 대두에 일본의 지식인 및 지배층, 군부도 큰 영향을 받아, 수상 고노에 후미마로(近衛文麿)와 육군을 중심으로 '버스를 놓치지 말라(バスに乗り遅れるな)'라는 슬로건 하에 서구 열강의 해외 진출 시류에 편승하고자 하는 의견이 급속히 우세해졌다. 이것이 고도 국방국가 건설 및 국민 정치력 결집을 기치로 대규모 신당을 조직하는 이른바 신체제운동(新体制運動)으로 나타났으며, 그 연장선상에서 대정익찬회(大政翼贊會)가 성립한 것은 1940년 10월의 일이었다.

아울러 본래 정치적 권리가 부여되지 않았던 조선에서는 동월 국민정신총동원조선연맹(國民精神總動員朝鮮聯盟)이 개편되어 국민총력조선연맹(國民總力朝鮮聯盟)이 발족하였고, 조선의 모든 단체와 개인이 지역과 직장별로 국민총력조선연맹 산하에 속하게 된다. 이 연맹의 활동은 신체제운동과 관련된 전시국민훈련 등 국민 동원의 전 부문을 망라하는 것으로, 기관지와 출판물 및 강연회와 좌담회 등을 통하여 황민사상(皇民思想)을 주입하는 한편 산하에는 문화부를 설치하여 다양한 분야에서 황민화 정책을 펼쳤다.

본 시가집의 발행 주체인 국민시가연맹(國民詩歌聯盟)은 잡지 말미에 게재된 규약에서도 알 수 있듯이 이 국민총력조선연맹문화부 산하에서 '고도 국방체제 완수에 조력하기 위하여 국민총력 추진을 지향'한다는 목표를 선전하고 있으며, 그 수단으로 내세운 것이 바로 '건전한 국민시가의 수립에 매진'하는 것이었다. 잡지 「국민시가(國民詩歌)」의 발간에는 이와 같은 시대적 배경이 자리하고 있다.

(2)

중일전쟁 이후 일본의 침략주의를 경계하던 미국은 ABCD(America, Britain, China, Dutch) 포위망을 형성하여 무역 봉쇄를 통한 압박을 가하기 시작했다. 경제적 고립에 빠지게 된 일본은 미국에 타협안을 제시하여 제재 해제를 요구했으나, 1941년 11월 미국 측에서 실질적 대일 최후통첩인 헐 노트(Hull note)를 전달하는 것으로 양국의 협상은 결렬되었다. 이에 동년 12월 7일(일본 시각 12월 8일 미명), 일본이 선전포고 없이 하와이 오아후 섬 진주만과 말레이 반도를 동시에 침공함으로써 결국 태평양전쟁의 막이 오른다.

이 공습으로 미 태평양 함대는 전투력에 막대한 손실을 입었으며, 기습에 성공한 일본은 남방 작전을 수행하여 말레이시아, 필리핀, 동인도 제도 등지에서 영국군과 미군 수비대를 격파하고 인도네시아까지 점령하는 등 일견 탁월한 전과를 거두었다. 그리고 이상의 침략 전쟁의 명분을 정당화한 것이 서양의 제국주의 지배로부터 아시아를 수호하기 위해서라는, 소위 '대동아공영권(大東亞共榮圈)'의 주창이었으며, 왜곡된 국가주의와 민족주의 하에 서구 세력에 대한 적개심을 북돋우고 애국심을 고취하기 위한 거국적인 선전 선동에 한층 열을 올리게 되었다.

(3)

1942년 3월, 이러한 일본의 '대동아전쟁' 수행에 대하여 '대동아 문화 건설의 전사'를 표방하며 간행된 본「국민시가집(國民詩歌集)」3월 특집호는 그 슬로건에 충실하게, 일련의 승리에 대한 환희와 대동아공영권 건설 이념을 찬미하는 단카(短歌)와 시작을 모집하여 수록하고 있다.

　후기에 기술된 바와 같이 대부분은 국민시가연맹 회원의 작품이지만, 간행 목적에 찬동하는 회원 외 일반인의 투고도 상당수 허용된 듯하다. 그 외에도 여러 가지 원인을 고려할 수 있겠으나 전통적인 단카에 비하여 시적 교양이나 표현 수준이 극히 치졸한 것도 적지 않고, 전승을 기뻐하며 친지의 안녕을 기원하는 소박하고 개인적인 감정이 반영된 것으로부터 장려한 미사여구를 동원하여 노골적으로 전쟁의 당위성을 주장하는 내용에 이르기까지 소재의 성격도 다양하여, '대동아전쟁에 관한 시가집'이라는 일관된 주제 아래 발행된 이 작품집에 상당히 폭넓은 계층의 인물들이 참여했음을 짐작케 한다. 게다가 이광수를 비롯한 조선인 작자들의 이름도 여럿 포함되어 있어, 일제강점기 시국에 영합하여 국책문학을 주도한 당시 지식인들의 실상을 투영하는 자료로서도 가치가 있다고 할 수 있다.

— 이윤지

인명 찾아보기

사항 찾아보기

항목 뒤에 ①, ②, ③, ④, ⑤, ⑥, ⑦은 각각
① 『국민시가』 1941년 9월호(창간호), ② 1941년 10월호, ③ 1941년 12월호,
④ 1942년 3월 특집호 『국민시가집』, ⑤ 1942년 8월호, ⑥ 1942년 11월호,
⑦ 연구서 ≪문학잡지 『國民詩歌』와 한반도의 일본어 시가문학≫을 지칭한다.

ㄱ

[영인] 國民詩歌集 三月特輯號

여기서부터는 影印本을 인쇄한 부분으로 맨 뒷 페이지부터 보십시오.

本集は『國民詩歌聯盟』に於て編輯せし、大東亞戰爭下に於ける國民詩歌集であります。

本集に收められたる作品は主として『國民詩歌聯盟』加入者の作品でありますが、本集刊行の目的に贊同せられ一般より寄せられし作品も、出來得る限り採錄することに努めました。

本集は武勳に輝く帝國陸海軍將兵各位に、本集を通じて我々の感謝の意を御傳へし、併せて其の勞苦を慰問致したいと思ひ、約二千部を增刷し、獻納致す豫定に致して居ります。

皇國の新しき國民抒情の建設をめざして進みつつある我々『國民詩歌聯盟』の第一作品集が、以上の如き目的の爲に刊行し得られたことを、我々としては最も大いなるよろこびとし、益々努力、以て、大東亞文化建設の戰士たらむことを、一同ひそかに誓つてゐる次第であります。

昭和十七年三月

國民詩歌聯盟

定價金五十錢　送料　一錢

昭和十七年 二月廿五日 印刷納本
昭和十七年 三月 一日 醗行

編輯兼發行人　道久良
京城府光熙町一ノ一八二

印刷人　申永求
京城府鍾路三ノ一五六

印刷所　光星印刷所
京城府鍾路三ノ一五六

醗行所　國民詩歌醗行所
京城府光熙町一ノ一八二
振替京城五二三番

不夜神

柳　河　國

夜つぴいて寝ずに
祖國の莊嚴な歷史について憶へり
僕はあの夜は
不夜神なりき
多くの諸々の臟腑の
情熱を搔ま立てん名のつく者は
一時に燃え下りなればなり

あゝしかれど
僕の肉體はこの日は
國民の義務を果せり
あくなき興奮や決意の奔流は
陰されたる力なれり
今までに氣付かざる
あゝ不夜神の僕よ

（94）

世紀の旗

楊 明 文

世紀の旗の立つところ

歴史は悠久三千年
われら瑞氣の柱を抱き
地球誕生以來なき
この聖業を遂げるため
われら齊しく旗をふる。

世紀の旗は翻る
海に、陸に翻る
世紀の旗の立つところ
われら一億立つところ

世紀の旗は翻る
海に陸に　翻る
世紀の旗の立つところ
われら一億立つところ

東洋永劫の平和を護る
われらの旗は進むのだ
神國日本、日の丸の
世紀の旗は進むのだ

けたかく轟く砲聲は
正義と秩序を打立てる
世界新秩序を打立てる

十二月八日

—— 靖國の神へ ——

吉 田 實

金鵄となぞへんか
眞澄の空の鵬翼を
その爆音の　まにま聽く
天翔けり征く戎衣
噫々　英靈
その昔の防人達よ
雄々しき七生報國の雄叫びを。
つたなきながらに　吾もまた
御稜威の民ぞ
御身等の勳に競ひ起ち

御身等の守護に奮ひ征く
南國へ　大洋へ
靖國の英靈
日の御旗に赤く咲きしと、
征夷門出せん

（ 9 2 ）

新月　　　　　吉田常夫

黄金色の光と炎えて　空も　地も—

大陸の劍尖は
今夜も月となつて極北を突き刺してゐ
る

杳い祖先の氣稟のまゝに
忠節の體は地平の極みに散つた
そして　赤い　小さな　花　花
ボロンバィルの草原に
莞爾と微笑つてゐる碎けた銃座よ
明日は君たちの花辨を摘んで
搖き散すのだ
時流の變移に超然と咲き
世代を絶して薫るであらう
老母の靜かな言葉とともに

（91）

大いなる朝

横内一穂

過ぐる日の
神ながらの御詔かしこみて
捧げまつりしこの生命、この赤誠に
大いなる朝は再び來れり

されば見よ
南海の涯に、孤島に
八紘、あまねく飜へる
大日章旗を──

されば聽け
盡忠の勝鬨を、雄叫びを

御稜威の下新たなる慶びと
共榮の凱歌を──

されご惟へ
あゝ忠露の、數々
御身等の遺勳永へに繼がむ
昭南島の名と共に──

大いなる朝
我大地を踏めり　歴史の上に
こみ擧がる感激に足はふるへ
大東亞十億の足は躍動する

（90）

半島人のことば

柳　虔次郎

眼をあけると
がうがうたる風でした

私は　倒れた私の影をひきおこし
笑つて　新しい太陽をつかみました

野に　ぼうぜんと立つてゐました
家も　草木も　吹き飛ばされ

幾條もの川が　一つの流れとなつて
その時　目の前を滔々と溢れてゆきま
した

（89）

偉大なるかな日本のこの日　山　田　網　夫

偉大なるかな日本の八洲（くに）

大宇に游ぐ數億萬の星礫と

渺々大洋の銀波荒磯の眞砂と

高祖のしろしめて給しこの榮ある國土

偉大なるかな日本の防人

大いなる狠火瞬（いま）舉り敵擁す征師北圉と

南海と

熱魂となつて凱歌燦と鐵石の軍隊

防空哨戒　慰問千人針とこの八洲護り

民草一億

偉大なるかな日本の國旗

崇嚴『白地にあかく日の丸染めて』翩

翻高々と

亞細亞の空に　熱帯の果に　すめら御旗

標おなじ共榮の民族　これ太陽神と崇

めたり

偉大なるかな日本の去來連綿二千六百

二年

あゝ

偉大なるかな日本のこの日　二月十六

日。（シンガポール陷落と。）

（88）

神話

増田　榮一

むかしいつであつたかもしれない太
古のことであつた　神々は南の海に住
んでをられた

渉しなく碧い空と海とが渾合するあ
たり島あり神統べ給ふ　神は地上にゆ
たかな天産と眩しいばかりの太陽を惠
まれた　日に一度のスコールすら神の
大いなる配慮によるものであつた　住
民は淳朴であつた　なにも疑はなかつ
た・あけくれ神に感謝の祈りをさゝげ
眞畫は檳榔の樹蔭にまどかなる夢をむ
すんだ　月が萬象を清めるころほひ赤
銅の肌にもそれとしられる酒氣を漂は
せ若者は彷徨し娘たちはガメランの哀
調にのつてワ、トラのさばきも鮮かな

レゴンの舞をまうた　チョンドンに眞
珠のボバンドンを贈つたのは誰だらう
こゝ南海の孤島では愛撫と眠りと音樂
が生活のすべてゞあつた

だがつひに試錬の時はきた　神は嚴
しい眞實を愛された　(安逸は虛妄の幸福にすぎ
ず汝ら溺れるものよ行け運命は罠のもとに裁かれん)神
託は下つた　神意は絶對であつた　人
間漂迫は神の命であつた　かくて生々
流轉の業苦は魂を鍛え共同の倫理を敎
へ旅路の果て北方の星座に創造の歴史
を約束した歳月は流れた　歴史の創造
者は南の故國への回歸を想つた　新し
い宿命を擔つて出發する若者の胸には
鄕愁の血潮が鼓動してゐた

（87）

馬來爆撃

朴炳珍

崇嚴哉、爆彈の爆發！
凡有るものを紛碎する力
忽ちにして天地を鳴動せしむる爆音
熱帶の森林に咆哮する猛獸も
赤熱の河川に跋扈する毒蟲も
シツポを卷いて縮み上る爆音
しかし住民はその爆音を喜ぶ
それは虐げられた民族に
強烈な力とひゞきを與へるからだ。
如何なる神の神秘なその爆音は
亞細亞民族の解放を報ずる警鐘だ。

三百年！
欺瞞と搾取を悠にし
榮華の限りを盡した白人の夢も
いまは恐怖と戰慄のどん底に陷り
歪曲されたデモクラシーの上に
正義の點火は閃いて
嚴肅な裁きがそこに下されたのだ。
おゝ崇嚴なるその爆撃
轟然たる音波の擴がるところ
希望と建設のひゞきなみうち
亞細亞は復興に目覺んとするのだ。

（86）

祝　祭

廣村　英一

華やかは祝祭は
一億の魂から放たれた正義の砲聲にふ
つて開かれた

惡族の群は祝祭のとゞろきに晨怖し
破滅の烽火をあげて亡壤の深淵に雪崩
れ落ちた

祝祭の喚聲は宇宙にとゞろき
世紀の樂奏は海陸に響き
民族の雄叫びは大いなる建設を運んで
それは曾つてなき莊大な歷史の彫刻で
あつた

見よ　いま地球上の華やな祝祭を
きけ　いま遑しく響く祝奏
ああ　亞細亞民族歡喜の祝祭は華やか
に開かれた―。

一億の生命は華やかな祝祭の盟主であ
る

新嘉坡陥落

平沼奉周

私達は心をみがきます
叮嚀にみがきます
そして
すめらみくにの道に沒頭します
この道はけはしい
例へ足の裹が破れて血が出ても
痛いとは言ひません
いま　シガポールはおちました
三百年の彼等の專横が終つたのです
私達はうれしいのです
彼等を襄返せば邪惡だけでした

私達はますます心をみがきます
いまも戰ひの音に耳をすまして
兄らの武運をお祈り申します
眞暗い今夜だが
明朝は大きくあけるだらう
八重雲靡びくでせう
しかし　雨が降つても
私達は
高らかに大きな
日の丸の旗を差しあげて
寄り添ひます

戰勝の歳暮

平 沼 文 甫

二六〇一年は感激と興奮の中で暮れる
もしこの戰ひがなかつたら我々の忘年
挨拶は平凡であつたかも知れない

二六〇一年十二月八日……
歴史は遂に新しい軌道に乘り込んだ
永い間人手に任せて荒された東亞を
我々の手に取り戻す戰ひは始つたのだ
陸に海に大空に無敵皇軍の捷報は傳は
る

三百四十年間搾取と壓制の蹄鐵に蹂躙
された十億民衆に
復讎と雪辱の機會を與へよ

戰爭は歴史を作る天才である
それ故に我は立つ
難關にぶつからうとも障碍に阻まれや
うとも
十億民衆とともに我は立ち戰ひそして
勝つ

亞細亞に朝がやつて來た
眼覺めよ十億東亞の主……
進軍らつぱが聞えて來る
聖戰は今我等を呼んでゐるのだ

にゆ゛す速報板に集る人々
らぢおの前にたかる群衆
感激と緊張と亢奮に拳を握りしめて喊
聲を上げる民衆に銃劍を執らせよ

（ 83 ）

けいらんのけいえい

平野 ろだん

鷄は
來る日も
來る日も
しかし美しい鷄卵を産む
養鷄主たる私は
來る日も
來る日も
なんのぞうさもなく
巢から鷄卵を取上げた
ところがある朝私は
立ちすくんでしまつた

之だ！
之が東洋人だ！！
最多妊にして多産にして而も
つねに生命の芽を搾取される君よ！
鷄よ！
君こそ哀れなる東洋人であつた
あゝ久しくも巧妙にして狡猾なるアン
グロサクソンのどんよくなる經營
されど、安んずべし東洋の人よ
知るやゆふべ満天の星辰さんさんと降
りしを

（82）

祝 新嘉坡陷落

陽川利福

ＡＢＣＤ線　眞紅に染めたり

三百年罪惡史の　血祭なりき

方に大東洋十億感激の滾る日なり

嗚呼　二月十五日午後七時五十分

血染の日章旗閃く　椰子ある丘の

鬢深き神　皇軍勇士遙かに拜みぬ

げにく〜八紘に輝く　神話の朝なり

東亞二十七世紀二年目の　聖春なり

青鬼の島　新嘉坡　陷したり

榮ある　桃太郎の　日來れり

世界共榮の烽火　崑崙に　揚げたり

世界よ　金甌無缺の傑作　仰がかし

（81）

山 守 り

二 宮 高 麗 夫

太白山脈の奥深き谷間、
腐れし苔の香を吹き來る夜風にのりて
『こうこう』と、
鶴の如くに叫ぶ聲あり。
その聲は、
瀧つ瀬上を拔け
松間をはしり、
直として山頂をのぼり木星に達せり。
ああ
深夜　山守り一人、
らむぶを消して闇に端座し
涙浮べてラヂオを聞く。
新嘉坡の敵今宵降服せりと

誕生日

中尾　清

さあ　神のみ前にぬかづき
みほとけの前に合掌して
皇の道を祈り父祖のみたまに誓ふのだ
さあ　ここに來て赤飯をおあがり
遠い祖先からの瑞兆だつたこの赤飯を
あかしらつきの大鯛だ
純白な味は遠い祖先の理想だつたおあ
がり
今日はお前の誕生日なのだ
けふこの日　シンガポールでは兵隊
さん達が
ふたつとない祖國のために
ふたつとない生命をすてて
阿修羅のやうに突き進んでゐる
おお　そのをたけびが聞えるやうだ
御覽　ここの家にも日の丸が翩翻と

飜つてゐる
この旭日のもとに
みんな　みんな　手をつないで
たとへ貧しくとも常に明るく強く
天子樣の下でその身が光るやうに
國民としての大道をたくましく歩め
そのむかし　防人の子どもたちは
ただ一筋に母の手にはぐくまれた
いつの日か大君のみ楯となつて出で征
く
この父のなきあとも
のびのびと春の新芽のやうに萌え上れ
この國の大地を踏まへすつきりと子供
ら
ああ　永遠なる皇國の神の子よ輝け

紀元二千六百第二年

寺 本 喜 一

橿原の遠祖をことほぐ日
靜に眼を閉ぢてあれば
ことほぎの歌は大いなる瀑布のごとし
青海原をゆく艨艟の波濤を蹴りゆくご
とし
思へば　獨眼野村大使
風雲あはたゞしき太平洋を越えて
華府に着けるは去年の紀元節
隱忍十ヶ月遂に火を慣ける焰の海太平洋
今宵しも南方圈よりニュースにのりて
來りし快報よ

皇軍遂にシンガポール市街に突入す
あゝシンガポールは落ちたり
大東亞既に米英の妖魔をはらつて
遂に太平洋世界の大和たらんとす
あゝ今や日本は世界の中つ洲なり
今や世界の路は日本に通ず
壯麗なる太平洋をおもにめぐらす美き
大八島
神日本盤余彦天皇
八紘を宇とせむ事よからずやと
や宣ひし日は正しく今日ならず

（78）

庭に歌ふ

趙　宇　植

何處かに春の兆しが吹いて季節は膨み
花が咲き　しめやかな海風に誘はれて
庭先に憩ふ山鳩を抱きしめ耳をすませ
ば淀みくる體溫に我が頰はほてり皮膚
をつらぬいて蘇るもの　それはとこしへ
に傳へし祖先の血液であつた南方の便
りであつた

☆

空に金鵄の惠みが燦きおほらかな氣壓
が爽やかに變轉し祈りの中に焚ける歳
月の炬火に軍服は變貌し危險な航路風
俗の相違が綾なす南方の庭に夜毎星は
輝きわれら兄弟の氣魄は高鳴り東洋和
らぎの日も色濃いてくる

☆

父よ、僕は成長した
海底に寝る三百年の悲歌に烈しく誓ひ
歷史の花を守りたい

☆

激動する海の意識に三千年の歷史は蘇
り
淨き靑年の肉體は豊饒に實る
榮えゆく着實な欲求耀く思念
僕はここに勇み立ち
行けぬ身の悲哀に强靱な步行を刻み
兵站の庭に美しき生の寶庫を築いて友
を待つ

☆

ここは久遠な傳統が秘めし庭

（77）

世　紀　の　朝　　　　谷　口　二　人

皇紀二千六百二年の大いなる曙は明け
た
陽光蒼生の上に輝く　空はエメラルド
だ
希望に欣喜雀躍　一億の民草帝國に生
を亨けしを喜ぶ
十二月八日・宣戰の大詔渙發せられ
米英に斷乎膺懲の鐵槌を下し

怒濤逆卷く大洋に敵を粉碎
陸、海、空に赫々たる戰果を上げ
大君の御楯となり散る同胞を想ふ
今こそ東亞十億民族を桎梏より解放す
べき時は來たり
これ帝國に課せられた天命である
この感激—
この上の感激がまたとあらうか

（76）

シンガポール陥落

田中　初夫

攻略僅かに七十日
シンガポールは脆くも落ちたり

東洋英植民地搾取の據點として
對日包圍陣強化の要石として
完璧を世界に誇りし難攻不落の要塞
シンガポールは落日の如く消え失せた
り

思へ　營々十年築きし戰備の
如何に果無く潰え去りしかを
然して思へ　大君の御稜威は限りなく
忠誠徹れる皇師は嵐より激しかりしを

われ陷落のニュースを涙もて聞きたり
祖國の大いなる眞理　まじりなき眞理
の美しさ
實にや神國の證は世界に示されたる

すべての障碍は土塊の如く崩れたり
すべての暴戻は水沫の如く破れたり
新生の經營は嚴かに始まれり

われら正しきにあり　美しきにあり
神々の心とともにあり
わが行ふところ涙とともに清々しけれ
ば
わが足音いまや世界にとよみ響かむ

（75）

宣戰の大詔を拜し

高 島 嶺 雄

冬眠を蹴つて起つ
あゝ、今ぞ目覺む眠れる獅子
押寄する狂亂怒濤をば
無言に忍耐と努力を以て
彼の岬の巖の如く
嚴然と控えたるを
盲目の輩哀れなり
叛旗をやたらに振りかざし
遂に我等の手に觸るる

知れ！天の如く空々漠々の心を
はた無人の荒野を奔馬の進む如く
我が皇御民

今ぞ決然と立つ
畏こくも上の宸襟を惱まし給ふ
知りてか彼の輩米英兩國
此の一億の
憤怒に燃ゆる鬪志をば
無限の寶庫大東亞の黎明は
今我等の寸前に拓けたり
建設を阻む幾多の苦難
我等は厭はじ斷乎進まん
必勝の信念の下に宣戰の大詔を戴きて
打倒　不倫の徒輩
見よ此の戰捷を
聽け一億の萬歲を叫びを

（74）

大いなる歳

杉 本 長 夫

受け給へ　吾が貧しき聲を
盃に盈つ　酒の如く
吾が喜びは胸にみちたり
低迷の長き夢より
彩雲の扉は開きて
あきらけき新生の星々
永劫の發足を壽げり
驅走なる暗き空より

紅ばらの花は咲きたり
來る朝の鐘も響けり
うましき皇國の大いなる歳
うち寄する四海の激浪も
異敵の仇もうたかたぞ
もろもろの手の固く結べる
吾等が祖國なる山川に
大いなる歳は來にけり

（7 3）

城　山　昌　樹

南の邊土の上に
又は逆卷く黑潮の上に
日章旗は花と咲き
亞細亞の光明の夜明けはきた

おゝ日本の神々の峻烈な意志よ
神兵を乘せた荒鷲は蒼穹を翔けり
神兵を乘せた浮城は怒濤を割り
颯々と悠々とすゝみ征く

あゝ雄渾な構想は

椰子の葉陰に蠢爾する
まつろはぬ者共をまつろはせ
日の丸は新らしき亞細亞建設の測量旗
ともなつて　障碍物は破碎される

今、建國草創の理想に生きる
國民—一億の頭の上に
やがては勝利の榮冠が
燦然と輝くであらう

（72）

菜 の 花

申 東 哲

―― 南支戦線の加藤少尉に送る ――

まぶしい　南支の　菜の花畠の中で
兵士は　神神の　誕生を實現する。

村々の　農民達は
菜の花畠の中に立ち止まる
兵士の
見えぬ　讃歌の空間　空間の光澤に
心　はためく　旗の青空を　發見する

運命は　時間の胸に新しき星と共に輝
き透明な言論は
歴史の唇より生命のように落ちる。

今日も
明日も
永遠な空間
菜の花は咲きさかり
菜の花は兵士の胸を流るる。

（ 7 1 ）

妻の決意

島居ふみ

突如宣戰のみことのり傳はる
街に漲る緊張と悅び

いよ〳〵征く時が來たと靜かに微笑む
夫
また征けるぞと嘗つての夫の戰友は
無心に笑まふ稚い己が子を抱き上げる
私の胸は引きしめられ
新たな決意に臉が熱くなる

この夜私は神棚にみあかしを捧げ

お召令狀もたらす靴音を
耳傾けて待つてゐる
召される日もない女の身はせめて
衣服を正し心を澄ませ
いつ靴音が玄關にひゞかうとも
一億の心を心として
夫へのお召狀が晴れ〴〵と推し戴ける
やう
私は心をひきしめて待つてゐる

（70）

女性の祈禱

柴田 多智子

『皇軍の武運長久を祈り、英靈に感謝
し、銃後の奉公を誓つて默禱……』
これは國民の毎日のいのりです。

女性の私はもうひとつ加へたい。
出征遺家族に感謝し、物、心、一體
の平安と幸福を念じます。と。

父を、子を、夫を、兄弟を捧げて。
慎しくそして雄々しく家を守る母よ、
子よ、妻よ。
嚴かに愛しいそのあけくれに掌を合
せます。

雪の朝、風の夜半、人情の暴風雨に
も吹き曝されるこゝろ心に、望ましく
願はしい心の安らかさ。

温かく、そして愛らしく、お腹一杯
みちたりた子供の顔は母にとつての
この世の天國。せめて子供の世界だけ
はみちたりて旺んな留守居の出來るや
う。

望ましく願はしい物の惠み

目覺めの朝に夜の床に、身を正して
禱るのは留守まもる母と妻と子に、今
日も物、心、一體の平安と幸福。

（69）

決戰讚

實方誠一

燃えてゐる
炎炎と燃えてゐる
それは敵陣營であらうか
見よ　日本の旗
東亞を導く戰ひの旗
祖宗の血を繼ぐわれらが決意
東亞よ
いまぞ古き索を斷ちて
自らの東亞に生きよう
あの日—それは突如として現れるとい
ふ

極光のやうな神秘さで
東亞の空に輝き　豊かに美しく
米英に戰ひを宣し給ふ
東亞よ
新しく明るく榮ゆるために
われらと共に
この一瞬をも緩めてはならぬと
あゝ燃えてゐる
炎炎と燃えてゐる
それは敵陣營であらうか
われらが胸の沸ぎつ血潮であらうか

でるた

佐井木勘治

むかし、地球のうへに地のうへに
うごめくもののやうに生存してゐたも
のは
揺れてゐる植物ばかりであつたやうに
白い根をはりなまぬるい水をすひ
さうしてやはらかい觸手で空中をまさ
ぐるやうに
地球のすみからすみに
身をくねらせて
自在におまへらの國は餌食をもとめて
ゐたのだよ
あはれ、でるたの椰子影に清きをおも
ひ
むなしく驟雨をあびる混血兒童のむれ
……

今 なにごとか
えーてるの空は燃えてゐるよ

むかしの羊歯や地衣も
日はすみ
光のとゞかない谷底や岩間でみじめに
生存してゐると……
さうして遠い祖先は
地層のしたでくろくなり變りはてたも
のだ
と、かなしむでもゐるやうに
使ひふるした、だだつぴろい
ゆにおん・じやつくらの旗いろが
かたむきながら生理の波に搖られてゐ
るよ

（ 67 ）

元旦の賦　　　　小林抱緑

いつはりの雷鳴、禍の赤い雲、利己主

義の雨　　　　　然し安心するには未だ早い

大東亞を覆ふ邪魔ものが次第に散つて

行く　　　　　わがうけし此の手、此の足を

八紘一宇の巨大な虹が白雲の彼方に輝

いて見える　　　ほんたうに捧げまつる時はいまなのだ

（66）

アジアの薔薇

洪　星　湖

耳を傾けば地軸を搖がす鐵靴の流れ。
赤道を越えて遠い遠い新しい世紀への
進軍である。進撃である。

空間を蔽る曳光、曳光。錯亂するサー
チライト。火柱。龍卷く黑煙。

ア、哮ぶ太平洋。燃えるアジアの天よ。

熱情の嵐である。意志の暴風である。

マレー。ボルネオ。ジョホール。シン
ガポール。

ア、この島、この空に燦めく日の丸よ
響く喇叭の音よ。
感激の青いこの季節——

南國の彼方、オリオン星座指して奔流
するこの民の血潮は美しい。この民の
生命は輝しい。

アジアの友よ。十億の新しい民よ。
我等のアジアだ。我等の生命圏だ。我
等の黎明だ。

鐵血の流れだ。熱火の颱風だ。
羽搏く勝利の歷史と黃昏の晚鐘よ。
黑いリボンの蝶達よ舞ひ上れ。
夢の國、神話の森に
アジアの空は微笑むのだ。
アジアの太陽はバラと咲くのだ。

（65）

布哇空襲

木 村 徹 夫

昭和十六年十二月八日午前三時
彼は僚機と共にォアフ島の山脈をすれ
〳〵に越え
ホノルヽの空に在つたのだ
暁の光の中で一枝の紺ビロードのやう
に光る南海
その上に置かれた野菜籠
武装した米國の洋上樂園に
百餘の羽搏きが驟雨のやうに襲つたの
だ
街には同胞がゐる決意を眉宇に示した
爆撃手は
住宅街を避ける正確さで軍事施設へ投
下鍵を引く

眞珠灣にうごめく敵船へは急降下爆撃
の洗禮だ
あはてふためいて打上げる高射砲彈に
無念荒鷲は傷いた
袂別の白半巾を振り敵艦へ　自爆だ
轟然敵艦は炎を上げ
虚飾を誇る艦艇と共に三鞭酒に醉ひつ
ぶれた米兵共の夢は南海の藻屑と消え
たのだ

その頃
不思議な豫感に夢覺めて國を憂ひ
夫を想ひ神佛へ祈つてゐた日本の若い
妻の姿を誰が知るであらうか

（64）

国민시가집 國民詩歌集　190

少年の決意

金　璟　麟

村の少年たちよ
太陽の光る南の空を見給へ
今東亞の土地に
新しく我等の鐵道が
敷かれてゐるのを君は知つてゐるか

遙か砲聲の聞えてくる
麥畑の中で若人の決意は固く
國道を走るラッパの響に

村の日の丸は、強くひるかへる

村の少年たちよ
黑煙さか昇る南の空を見給へ
あかつきの行軍が
凱旋のラッパが

あ、シンガポールは陷落した
友よ、西村が金が李が
共に進む日がついて來た。

君を送りて

金　北　原

度深い感激の溢れる旗の林に
世紀の新しい姿が　寫される朝。
僕達は　歌ひ　送り　君は征つた。
夢の扉から
神話の窓を出でば
浪漫の彩るアジアの庭だ
この庭に
新しい太陽が昇る春
薄身若さを飾り君は征つた。

殘された職場の傾ける耳には
進軍喇叭が響く。
トランシットを覗く望遠鏡の視野に
跨る建設の新像
同胞の動向に
同胞の隊伍を
同胞の隊伍に君を認め
僕はニュースと共に香煙をくはえる。

（62）

国민시가집 國民詩歌集

默禱

北川 公雄

言葉なく　われは悼む

朔風の曠野の涯に
南海の怒濤の渦に
ほゝゑみて逝きにしみたま

長城の孤壘の守備
夏草と群れよる敵に
犬食みて死守せしみたま

雲遠き敵都の空の
大いなる靑の深みゆ

祖國のため散りたるみたま

萬歳の無電をぞ送りしみたま

屍に草むすも
屍は水漬き果つとも
屍は空に散るとも
たゞ一途大君の彌榮ほぎぬ

言葉なく　われは悼む

聖戰四年　烈日の鋪道に立ちて

（61）

戰地の教へ子へ　　　　　川　口　　清

修三
お前は軍用トラックの把手をしつかと
握り
密林の中をぶつとばせてゐるだらう
そこへ砲彈がどかんと落ちる
するとお前はふふんと鼻を鳴らす
お前といふ奴はさういふ奴だ
だがなア
命を粗末にするなよ
何も死ぬばかりが名譽ではない
最後まで生きて憎むべき英兵をたゝき
のめせ
修三　それが健全なる兵の心構へだよ

忠行
先づお前の照準は確かだ
あやまたず敵の胸板を貫くだらう
そして斥候に出れば出たで
綿密周到に敵情を搜索してくるだらう
以前　お前が郵便配達をしてゐたとき
宛名不明のハガキを持つて　一夜吹雪
の中を歩きまはつたといふ
忠行　私はお前の誠實に期待する
ただ體に氣をつけよ
彈丸で死んでも病氣で死ぬな。

わかつたか。

（60）

宣　戰

香　山　光　郎

時は維昭和十六年
冬十二月の八日
有明の月は西に傾きて
太平洋の夜明方なりき
布哇島の東の端より
比律賓馬來の西の果にかけて
荒鷲の羽ばたき聞えて

爆彈の火の雨は降りぬ
この日雲の上に天つ聲あり
天が下に宣戰の大詔宣りたまふ
『東亞の禍亂を助長し覇業の非望を遂
ふする』
米と英を討たせたまふと

（59）

捨　石　　　　　　金村龍濟

大東亞の運命を愛する志
百萬の青春を大陸に草むして
貴い供養の火を燃やすこの秋！
大東亞の未來を拓く志
百萬の青春を大洋に水づいて
貴い供養の血を湧かすこの秋！
わたしの熱い血潮は
冷たい玉に固く凝つて
一個の戰ふ碁石となつた
風雲亂れる盤上では
今や生死緩急の非常局面

わたしは一點を穿る無言の小石
戰ひ終つて勝つまでは
あくまで動かず、また動かれず
ただ穿るのみ、死してやむのみ
味方の石らを生かすために、
ここぞ死場所であつたなら
玉と碎けて捨石になつてやらう
やがて不幸と罪惡の日が閉ぢて
亞細亞の空に美しい夜が開けたら
われらの捨石も銀河の星座に光るだら
う

（５８）

撃滅

江原　茂雄

御ことのり宣ふや
神武の固い決意は炎え征く

西を南へ　日も夜も
絶間もあらむ百雷の雨降りぬ
金城も鐵壁もくたけむ魂に……。

グワム陷ち香港陷ちぬ
まるで三伏の暑氣を滌ふやうに
マニラ陷ち新嘉坡陷ちぬ

このあはれ見よ
天涯の岸に吠える米英の姿を

友よ　新しい世紀の民よ
燦然と
銀波のうねる日まで
一隻の艨艟にしろ
一台の戰車にしろ
根こそ葉こそ叩き擊つのだ

（57）

大いなる朝

江崎 章人

朝　大いなるその朝
私は　若鮎の様に　街を走れり
昨夜　風と共に　飛び來れる
新嘉坡陥落の　ニュースよ
その夜　私は　いつになく　心震へ
アナウンサーの聲　また　震へゐたり
あ々　此の感激
あゝ　此の凱歌

朝　大いなるその朝
私は力強く　職場への鋪道を踏めり
街には
昂奮のビラが　高く舞ひ

人々　みな　慌だしく歩み
空また　碧く澄み渡れり
昨夜　亂れ飛んだ　祝ひの花火よ
今朝　そこに翻へる日章旗の下
私は　心愉しく走れり
此の大いなる幸福を抱きて
新しき朝　大いなる朝を

やがて　英國の挽歌消えかく　彼方
翩翻と　はげしき　大東亞の建設譜は
灼熱の如く　燃え響かう

朝　大いなるその朝

（56）

うなぞこ　　上田忠男

大本營發表 (二月二十五日午前一時三十分) 帝國潛水艦は榮二十四日夜〻カリフオルニア沿岸の軍軍施設を砲撃し大なる戰果を收めたり

かつて祖がこのうなぞこに骨を浸し
いま子らがをなじうなぞこに
靜かなる接敵をたのしむでゐる
それらがまことに聖い宿命であるかの
やうに

肅々とうなぞこを剪る鐵線のひとつひ
とつに
肉を賭け血を賭けて
孜々とうなぞこにいどむ『私』なきいの
ちのはげしさよ
いま激浪の底ふかく

水泡のかなたに飛ぶ龍骨の速度を狙ひ
潛望鏡の視野にかすむ加州の砲座を狙
ひ
いとをごそかに子らはうたふ
大君のへにこそ死なめ

にんげんの頂に絕し　神につながる行
爲について
みじんに摧けて悔ひぬ盡忠について
あら魂のいのち享けたる子らが　いと
をごそかにまたもうたふ
海ゆかば水漬くかばねと

（55）

金鵄のやうに

岩瀬　一　男

私は永い間夢見てゐた
崑崙のやうな朝やけを
氷雪に研かれ　突風を截り
雲海に抽ん出て天心にせまるもの
寒氣を吸ひて己れの血となし
蒼空を制して萬古を生きるもの
ゆるがぬ峻嶺
巖に生へて動ぜぬ大鷲
くるめく日輪に恤られた
永遠の姿のそれ等の神代の如き御來
迎を永い間私は夢見てゐた
私は三十年を生きて
三千年の歴史を學び

三萬年の太古を識り
今曾ってなき民族の集結に直面してゐ
る
思想は旗幟となつて入り亂れ
外交は生きもの丶哀しき盾となり
艦體をあやつり大軍を動かし
古き殻をふるひ捨て　脱皮の朝やけを
あびる選ばれたる國々
蒼古を生きる大鷲の國に生れ出て
私は一粒の麥に化身して千年の未來を
想ふ
私を貫く倫理は翼を得て
焦土の未開の空々を舞ふ
曾つての日の金鵄のやうに

（５４）

日本の萬歳

今川卓三

日本人の生誕は
萬歳の聲に始まり盡忠の散華に終つて
無比のよろこびとし光榮とする
國家は萬歳の唱和に彌榮え
草莽は幾度か數知れず萬歳を雄叫び
常に清純な感慨を新にして
飽くことを知らぬ
日本の萬歳

雙の腕をいま高らかに打ち振り
天も轟けと萬歳を三唱するか
區々雜多の想念はその影をひそめ

個は拾の百の千の萬の億に通じ
邦家無窮の祈念となり
地に滿ち天に木靈する
日本の萬歳

そのかみより東洋の孤島を
ごよもしごよもした萬歳は
廣袤萬里の滄溟を越え山野を越えて
そこでは民族解放のおほうたとなり
やがて
地球の國々の族達の
平和と建設と祝典のほめうたとなる
日本の萬歳

世紀の曙

和泉勝也

醉ひしれて狂ふ惡鬼の毒牙に
訶まれ蠢き萎えし南國の子等
盲なる暗き夜はあまりに永かりき

妖雲は綿毛の如く飛び散りて姿沒しぬ
されば手を延べて懷てき瞳南國の子等
感激の坩堝に慈悲深き光を湛へて
白き歯の嬉しき嬉しき姿を映す
あゝ!さえぐゝと大いなる世紀の曙

さはあれど時は至りて
東海に偉れたる歴史に映ゆる大八洲
天照す朱の御旗は高くはためき
綠したゝる果しなき密林を
荒波の逆卷き返す大海原を
あるはまた極みなく擴がれる大空を
打ち懲す苦き生命の光は驅ける
あゝ!潑剌と大いなる世紀の曙

尚も見よ更々に
大東亞彼方此方に巢籠れる惡鬼を追ひ
て
御稜威のもとに打ち懲す若き生命の驅
ける光を

（52）

彼

池田　甫

身形は一向構はぬくせに
煙草とか洋酒は一等品でないと
決して口にしなかつた彼が
入營して一年
軍服姿の凛々しい寫眞を
久方ぶりに送つてよこした
そして
『さくら』と云ふ軍隊煙草は實に美味い
これが書簡の冒頭である

高い倫理性と教養に青白いまで
漂白されて居た彼が
軍隊に入つてやつと
黄色人種らしい顔色になつた
これで戦場にも死顔が晒せる
――と云つてよこしてゐる

私は彼が除隊になつたら
洋酒の極上等で乾杯しよう

（51）

南國に戰死す

朝本文商

一個の生命を捧げること
かくも微笑みながらも生の哲理が悟れ
るとは
煩悶の人生もあつたか知れぬが
無數のこの勳章よりも
眩しい程華麗な幸福に目を閉ぢられる
とは
一握りの南國の土とならう
銀河よりも永い子守唄とならう
無垢な南の人のよき魂の友となるだら
うから
祖國が愛撫の手をさしのべるその掌の
…。

一つの溫き血筋のやうに
永久に思索すると見えた海洋から
新しい情熱の響がよせ來る日
總てを抱擁する南國の蒼空に
恍惚と月がもえ立つた　かくも寛容に
郷愁は　光榮そのものであり力強く
銳聲が絶えず正義を叫びつつき進む
時
總て信頼を殘して最も華麗に思つた最
期だつた
南國の妙なる調の感謝と祝福の中に…

（50）

青い海邊の青い墓

安　部　一　郎

わたしはいつの頃から　この風光を
愛しみのこゝろで目もるようになつた
のか　この日頃　青い海邊の青い墓は
白々しい晝光に　凋ちた桐の實のやう
しづもり朽ちてゐる。

この風光を後に　若い朋友は次々に
大陸へまた太洋へと出發した　愛の新
しい破壞を前提に　愛の新しい建設を
終局の目的として――あゝ　いま　わ
たしの朋友は大陸にまた太洋に拔群で
ある。

その往昔　この靜かな島嶼　あの水
脈の上で戰した人々よ　この靜謐の秘

密の鍵は　この美しい風光と、あの慘
しい叫びに通ふものであつたのか　あ
ゝ　いま　わたしは知る　往昔の大陸
へ太洋への心と　今の大陸へ太洋への
こゝろと――　いま　わたしの朋友は
進むところすべて拔群である。

青い海邊の青い墓は歷史に朽ちてゐ
る　過去から未來へと　秘やかなわれ
しの凝視は　風に吹かれ　佇立つて朋
友を思ひ再びかへらぬ朋友を　愛しみ
のこゝろとなほ喜びのこゝろで　青い
海邊の青い墓に目をとぢる。

（鎭海臺頭にて――）

[영인] 國民詩歌集 三月特輯號　205

力を頌す

尼ケ崎　豊

沸々と迸る
血流は
いま一つに凝り結び
全き力と化し
天つ日と倶に邁く

眞と善と美と
その自我を超えたる絶對の境地
そこに生きそこに燃え熾り
燦爛と火華彈き散らせ
力

地軸を搖り
穹昊を擴り
たち罩める六合の雲々攘ひ
いやはての蒙昧啓き拓く
力　力　力
日本の力

東亞細亞に
昂り　揚る　力に
ほのぼのと
坤輿の昏冥いまし闢けゆく

（48）

○

渡 部 保

雷聲の鐵の航跡が一すじに敵戰艦を爆碎し去りぬ　（ハワイ海戰の寫眞を見る）

雷擊機が放つ魚雷は必殺の水しぶきさへあげて切りゆく

荒天に母艦離れゆくつはものの訣別の辭に感傷はなし

太平洋主力艦隊と豪語せし亡びゆく寫眞かくも靜けく

眞珠灣に敵轟沈し行く寫眞靜かなる故に身をふるはしむ

○

渡 邊 寅 雄

今立ちて進む長蛇の兵列は南路はるかに黃河をさして

待望の黃河の流れせまりくる高なる胸よ堪えつつぞ來し　（戰地雜詠）

蒸すばかりなるぶたの手料理なべに煮て子ごものごとくに集りてまつ

（ 4 7 ）

有難し吾子と熟醉のこの夜も生還期せぬ荒鷲飛ぶか

大君のまけのまに〳〵い征く君いづちの方に戰ひますや

たらちねの老いたる父母も大御代の滿ちみち榮ゆる春にあひけり

〇

米 山 靜 枝

日章旗なびき輝け大東亞今ぞ我手にまもる國々

分列のすがた勇し雪の上希望抱きて强く進まむ　（青年隊初式にて）

〇

渡 邊 陽 平

ハワイ空襲の報に聲をあげしとき皇軍はすでにマレー、グワムにあり、

堪へがたきを唯に堪へ來し皇軍の立ちあがりざま神の如しも

いまは今ははゞかるものやなにもなし我等の終の敵と立ちたり

（46）

日米軍交戰せりと聞きしときわが空軍は布哇を襲ふ

立ち上りしわが海軍の一擊は敵のむかひて來る隙をあたへず

神代より神の御旨のまゝにゆくすめらみいくさ遂げざるはなし

吉原政治

○

宣戰の大みことのり八紘に傳ふる電波をかしこみて拜す

國こぞり待つ有るを恃む大八洲の空晴れ渡り敵機だに見ず

吉本久男

○

皇軍の戰果は及ぶホノルルに太平洋もせまきに似たり

横波銀郎

（４５）

椰子茂る南の島の現しくもニュース映畫にあらはれ出でつ

海岸の油井地帶に歩哨ひとり噴きをる油井前にし立てり

椰子林の下に並べる葺屋根のすぐに迫りて海なぎをなす

〇

山　下　菁　路

張りつめし祈りは今ぞ果されぬ星港陷ちたり今こそ正に

起き出でて兵等稱ふる萬歳は聲とはならずただ泪あり（星港陷落）

〇

山　村　律　次

聖戰は此の一戰にありZ旗を仰ぎて兵等いでゆきしなり

雷擊機空雷を投ぜしうしろより急降下爆擊機は巨彈を投ぜり

（４４）

○

大本營發表といふその聲が何時にもあらずたかぶりてきこゆ（シンガポール陷落）

隣り家もまだ起きゐるか兒等の聲ラヂオの聲に混りて聽こゆ

森　田　貞　雄

○

國こぞり待ちにぞ待ちし宣戰の大詔今ぞ下りぬ

儼として我等一億國民の向ふところを示させ給ふ

み民われ涙たれつつききてあり宣戰布告の大御詔書を

山　崎　光　利

○

三十年營々として錬磨せる精華ぞ今や太平洋を壓す

山　下　智

（43）

○

皆吉美惠子

國想ふ心は同じ内鮮の人等まじりて戰況を聞く

神にすがる心にはあらず大前に忠誠を誓ふ國民を見き

帝國の面目はこゝに躍如たり極東の文字は今日より消えぬ

○

村谷寛

青海の島嶼にあかき日の丸の輝く地圖に人等は集ふ

○

森信夫

國こぞる大みいくさやいさぎよし丙種といへご君に召されむ

幾人か友召さるればをもはゆきこころよわりを今はおぼえず

（42）

一人の女われさへ國の礎石ぞと想ひ及びて湧く血潮なり

天照らす大征戰は捷ち進み今日も涙す大き戰果に

○

三鶴ちづ子

戰勝のニュースきくたびたぎる胸われも日出づる國に生れし

白蘭の香りゆたけき部屋にして戰勝のニュースきく有難き

○

南村桂三

新嘉坡陷落の字を黑々と車體に彫りてバス通り過ぐ　（ハルピンにて）

○

三宅みゆき

前線の活躍聞かすふるへ聲子の瞳にも涙光りぬ

（41）

光榮に輝く國の民にして今日むらさきの山にむかへる

眞珠灣の背後を守る山嶺はすれ〳〵に越えてわが機おそへり

敵戰艦二隻轟沈、四隻大破、神征く國のみいくさぞ銳き

赤道の下おし進むみいくさのとゞろくなかに年明けにけり

西南太平洋を制して進むみいくさの壯麗のうちに國民（くにたみ）のゐる

悠久の歷史の上に常若きすめらみくにの民なりわれら

　　　　　　　　　　　道　久　友　子

〇

忍ぶべからざるを忍びてこゝに至りぬとのらす言葉に胸ふたがりぬ（首相放送）

昨夜聞きし首相の言々今朝もなほ胸底にありて心重々し

ルーズベルトを惡人に做して幼らの遊べる中に吾子もまじれる

　　　　　　　　光　井　芳　子

〇

（40）

簡素なる元朝なれざかつてなき豊けき心にニュース聞きをり

家毎にはためく國旗仰ぐ眼に十二月八日の感激あらた

一億の民火と燃えたちて長期戰たたかひ抜かむ決意をかたむ

〇

美 島 梨 雨

日本の旗征くところおしなべてなびかざるものつひにあらぬかも

はふり落つる涙のごはず萬歳を叫びたりけむ將兵も馬も

陸に海に空に果てたる將兵の英靈に告げむこの大戰果

假面はがれし英の命脈すでになく東亞百年の曇ぞ晴れゆく

〇

道 久 良

（ 39 ）

縦二列に並びし米主力艦等の胴腹に立つ魚雷の水柱

パールハーバーの彼方にかすかに味方機の飛び居る見えて米艦沈む

〇

水谷潤子

一日の陰膳に添ふと母と共に朝早く赤き鯛を買ひきぬ

月満ちて明るき宵を洋上の何處にか年をむかへん父は

父征きて父の教をうべなひぬ父は佛印か海南島か

〇

水谷澄子

くにたみが戰勝祝ふ赤誠の波なす旗に雪はふりつつ

〇

三木允子

日本に生れしかしこきこ今日の日に會はまく享けしわが命かも

來らざるを恃むにあらね敵機いまだ國土の空に一機だに見ず

三千年夷のけがれしらざりし歴史に負ひて勝ちつらぬかむ

○

前 川 勘 夫

すでにして印度洋の制海權われにあり印度四億の民うごきそむ

世界史上のその功罪をかへりみれば英米の文化すでに過ぎたり

十億がなば屈辱の下にありこの民をして起ち上らしむ

○

水 上 良 介

ペンシルヴアニア・メリーランド型の軍艦は魚雷を受けて沈みつつあり

オアフ島の眞珠灣かも空を壓す我が皇軍に忽ちにして潰ゆ

（ハワイ空襲寫眞を見て）

（ 37 ）

一億の心ひとつにまこともて戰ひ拔かむ勝利の日まで

藤　本　虹　兒

○

東風の和ぎたる元旦けふもかも太平洋に艦は征くらむ

藤　原　正　義

○

おほみこと畏みうけて彌榮とはるかに宮居おろがみまつる（十二月八日）

四千萬の民ら誓ひて日本の往くべき道に進むと云ふなり（彌州）

堀　　　全

○

埴へたへて一度起てばちはやぶる神と猛りてうち襲ひたり

屈辱の彼の日を思ひ今日を思ふわがむらぎもはふるひて泣けり

（36）

○

　　　　　　　　　　　ふじかをる

弾丸の烈しき中を生き抜きし人と向ひて心つつしむ

いたく歳老いて言葉の優しければ針請ふ人ははゝそはなるらし

○

　　　　　　　　　藤　川　美　子

ハワイ空襲の映寫終りて鳴り出でし間奏樂はわれにけうとき

和平希求今にして云はず大いなる國の力を恃まざらめや

○

　　　　　　　　藤　木　あや　子

陥落すシンガポール遂に陥落す昭和十七年二月十五日

シンガポール停戰都市となれりけり世紀の偉業よまさしく成れり

（３５）

次々に巨艦をほふる海鷲の訓練のさまを衿正し聞く

○

陽川聖子

たくましき我があらわしのはたらきをニュースに讀みて心ははずむ

○

日高一雄

海ゆかば山ゆかばとてみいくさのきほへるところさへぎるものなし

ジャングルを潜り草薙ぎ征く兵のいくさはまさに神ながらなり

ふるさとは雪降り淨きみ冬なりわれらつつしみ年迎へけり

ウエルス・レパルスの巨艦沈めし海越えてマレー上陸のみいくさ進む

東洋より世界に及ぶ新たなる歴史は日々に創られつつあり

大君にいのちささげし益良夫の心にそはむわれら國民

（34）

『全速力布哇へ急行』の命受けてただ東へ進みたりしと

ホノルルのラヂオニュースを聞きながら東へ東へと艦隊行きしと

一番機二番機飛びて三番機は母艦の搖れに波の中に落つ

『無事布哇上空に達す』の第一報を如何に長しと思ひて待ちけむ

『全艦隊港にあり』との無電聞き艦員萬歳叫びしといふ

爆撃の始りし頃『エアー・エアー』とホノルルの警報ラヂオに入りしと

『爆撃終り』の無電來れば第二部隊再び空を掩ひて征けりと

潜水艦の立てし動を聞くごとにごれもこれもお前の艦だと思ふ （千治松潜水艦にあり）

まだ生きて居たとの手紙遙かなる基地より來る二十日かゝりて

○

十億の民こぞり立つ時ぞ今すめらみいくさ立ち上りたり

野々村 美 津 子

○

憤激をものにせよとて願ひしがかくも著しき戦果に涙す

臨時ニュース宣戦布告を傳へをりいや湧く力大き息ととのふ

中　島　雅　子

○

皇軍大捷のよろこびの中に自爆せし九機を思ひ胸せまりをり

日本在住の敵國人はいたはれとラヂオに聞きぬ昨日また今日も

中　野　俊　子

○

宣戦をした朝の湧上る素直な心を神だなに拍手打つ

野　末　一

○

野　津　辰　郎

（３２）

土井義夫

○

わきさめがりもり上り來る感激に言葉もあらず御旗仰ぎぬ（シ港陷落の日）

幾度か死線を越えし友なれご戰死の報に愕然とする

轟　嶽

○

不沈艦と誇り驕りし敵艦の開戰須臾にして轟沈し去りぬ

まつろはぬ敵ごも撃てと大詔拜すなはち撃ちてしやまむ

戰へば必ず勝つとふ信念を幼きまでも信じて疑はず

豊山敏子

○

板壁に貼りつけられし今日のニュース往き來の人の血を湧かすなり

一億の御民一心緊張の中に今年の歳は暮れたり

（31）

必中の魚雷を抱き天翔ける兵の心を思へば泣かゆ

あきつ神天皇（わがおほきみ）の捧げます大き祈りのとほらざらめや

二千六百年を興しつつ來し皇國の大き強さをわれ疑はず

戰艦陸奥の重威は思へほとほとに艦首は水漬けゆるぐことなし

〇

戰友の遺骨抱きて入城す兵のおもてをみつつし泣かゆ

　　　　　　　　　　　平塚　美津子

〇

隻一隻敵艦沒す一死必中皇軍の魚雷生きてとぶなり

太平洋の廣させばめて敵あらず神速皇軍とごろきすすむ

民族のこころにひびけおのが子は犧牲としぬピブン泰首相

東亞共榮圈確立のための戰ぞ歷史に刻め大東亞戰爭

　　　　　　　　　　　寺　田　光　春

（30）

〇

田淵きよ子

ジャングルの密林ひらき進みゆくわがみいくさは休む間もなし

おほまへに國を壽ぎ大君の御稜威かしこみ吾子とひれ伏す

やがて子も醜のみ楯といでゆかむ強く正しき母とし生きむ

大前に兵居並びてりようりようとラッパを吹けば衿正したり

〇

陳 幸 男

殷々と唸りし砲のいまだ冷めずなだれゆきたらむ皇軍勇士

〇

常 岡 一 幸

一瞬に巨艦を屠る有様を轟沈と呼ぶ聞きのよろしさ

たのめなき自が勢力の覆へるをまのあたり見よウェルス沈む

（ 29 ）

○

戰捷の陰に幾多の英靈の在しますと思へば胸にせまり來

高橋春江

○

日の丸の波に埋れて征く友の顔に見にけり堅き決意を

館岡豊

○

遠つ祖のみことかしこみ益良夫がたたかひ捷ちて立てしみ旗ぞ

田中太市

○

日本は神國なるぞあだをなす四方の夷は假借なく擊たん

田邊務

（28）

『朕日本天皇と一體の如し』と宣らせ給ふに涙落ちやまず （滿洲にて）

我が海のつはもの等出で征かむとき太平洋も廣くあらなく

　　　　○

　　　　　　　　　　　　高　橋　初　惠

戰時下の乙女の姿いじらしくモンペをはきて學ぶこの冬を

かにかくに國と運命を共にするころ定まれば安き日々なり

南方の資源をかくとくしつゝ征く幸へる國ぞわがひのもとは

はるけくも戰ひ進みし皇軍よ椰子蔭に見ゆる日の丸の旗 （ニュース映畫を見て）

夥しき油田のやぐら立つ見えてミリ攻略の戰果輝く

つましき暮しになれし女われら新しき歴史に眼をみはりゐる

　　　　○

　　　　　　　　　　　　高　橋　美　惠　子

初吹雪吹雪ける中を感激の戰捷報告に急ぐ人々

（27）

皇（すめらぎ）の大詔降るとふラヂオの前にかしこみ立てり
皇軍の一度起てば三日にして敵の艦隊おほかた崩えぬ

○

砂　田　甫　水

けふも亦ラヂオの告ぐる大戦果おのづからなるわが膝力
邪を拂ふ正義は勝てり共に聞けシンガポールにあがる凱歌を

○

關　根　喜　美　子

爆撃のニュースききつつ瞳（め）を閉ぢて全機歸還を祈りぬ吾れは

○

瀬　戸　由　雄

憤り極まれるとき忽ちに馬來上陸の事し成りたり

（26）

一月三日暑熱のマニラに突入せし兵士のこころすがしかりけむ

アメリカの密林映畫はたやすかる童話のごとしかわが軍進撃む

異國趣味に描きしマレー・ビルマ國にいまはあきらけしとごろく勝ごき

象に乗りわが軍むかへしみんなみの國王ありと讀みてたのしき

皇軍 神とあふぎておどろける素朴の民のいまは御稜威に

○

杉原 田鶴子

十億の亞細亞の民の立つ時ぞすめらみいくさ火蓋切りたり

幼きも息彈ませて讀み上げぬ夕刊面の開戰の記事

大御世のすえに生れにしをみな吾たゞつゝましく銃後守らむ

○

鈴木 久子

（25）

○

下　脇　光　夫

ハワイ•グワム•マニラ•マレーと次々にわが空軍は疾風の如し

萬葉の遠き御代より磯に觸り水漬く屍と海原ゆけり

國擧る戦なれば飯沼飛行士、大江選手も征きて還らず

大いなる亜細亜の歴史礎く日ぞ心おほらけく我等はあらむ

○

白　子　武　夫

山ゆかば草むすかばね皇軍はシンガポールを遂に落せり

○

末　田　　晃

新しき年のはじめのさいはひに捷ちとよむなり神征く戰や

（ 24 ）

臨時ニュース聴き入る吾等ひしひしと熱き血潮のわきたつを覺ゆ

天かける我が鵬翼の精銳ぞ萬波をこえていさをはは高し

〇

佐 藤 繁 治

炎だち傾きゆける戰艦の眞近に一すじ雷擊のあと

〇

隱忍のいく年月ぞ聖業の順路はすでに定まれる如し

若冠の航空兵が勳功に母のこころとなりて泣きけり

〇

椎 木 美 代 子

グワム島を我が軍旣に包圍せりわが爆彈に燃えつゝありと

聖戰貫徹の祈り捧ぐと神苑に蕭々として人等集まる

島 木 フ ジ 子

（ 23 ）

太平洋の浪おさまる日地圖の色かはる喜びは吾れのみならず

〇

　　　　　　　　　　　佐々木かず子

水仙を活け居し兩手を膝に置き宣戰の大詔かしこみて聞く

待ちくし時は來りぬ父祖の靈も見ませ神軍今勝ちに捷つ

〇

　　　　　　　　　　佐々木初惠

すめらぎの宣したまへる宣戰布告に聞き入る我の身懍ひを感ず

一分一秒を新しきニュースに聞き入りておもはず叫ぶ萬歳のこゑ

〇

　　　　　　　　　佐藤保

傳へくる我が皇軍の武勳は悠久二千六百年を無言に示す

（22）

君もまた召されてぞ征かむ今はたゞ心定まりてその時に對ふ

爾衆庶本分を盡せと宣せます大みことのり涙に拜す

靖國の神みそなはせシンガポールに今日ひるがへる御稜威の旗ぞ

皇軍は神の兵なり百年の惡を聖めむとシンガポール燃ゆ

○

　　　　　　　齋　藤　日　出　雄

海鷲の威力は米蘭艦隊をはふりつくしてジャバ沖海戰と呼ぶ

シンガポール上陸に泣くつはものは頸の遺骨にものいひにけり

晴の死場所ここときめたるつはものの肉彈進むはやぶさなして

○

　　　　　　　坂　元　重　晴

米英の雄をほこりし軍艦も束の間海のもくづと消えぬる

連勝のニュースきくたび感激のうづにまかれて聲だにも出ず

（21）

○

児玉民子

雪ふりて燈靜かにゆるる宵飯沼飛行士の戰死をききぬ

シンガポール陷落つげしよろこびの全く嬉しき日は云ひがたし

○

小林義高

み軍が二月九日の闇の夜をジョホール水道渡過しけるはや

百年の搾取の基地が今ここに潰えなむとす今日の佳き日に (紀元節)

頑是なき吾兒にきかさむ術はなく戰捷ニュースを妻とかたらふ

○

齋藤富枝

一億の炎と燃えて米英を擊ちてしやまむその秋ぞ今

（20）

〇

倉　八　　茂

敵彈道に直に向ひて擱坐せる戰車の中よりなほ砲撃てり

操縱桿握りしままに息絶えし森田少年戰車兵あはれ

ゴム石油錫マンガンをうしなひて米英蘭等なほ戰ふや

カンゲアン島沖に神鷲はばたくやたちまち蘭印艦隊滅ぶ

〇

黑　木　小　柄　男

南に散りばふ島も青海路はるかに仰ぐ大御稜威かも

香港もシンガポールも既に陷ついづこに征かむ我が名召されなば

〇

越　渡　彰　裕

子等が唄ふ行進曲の合唱が谷あひ遠くひゞく秋の日

（19）

白菊のかそけき搖れを見てをれば征きにし從兄の思はるるかな

召されゆきて傷付き給ふつはものの從兄にさいはひめぐませ給へ

〇

　　　　　　　　　　金　仁　愛

喜びの胸おさへつゝ文書きぬシンガポールは陷落せりと

旗の波町にあふるる今日の日を戰地にひびけと萬歳叫びぬ

〇

　　　　　　　　　　葛　目　　茂

丈夫が火焰と散りて今し擊つ海戰寫眞は畏みて拜す

かけはなすラヂォに近く位置占めて剪定鋏とぎをり百姓われは

國を擧げていよよ戰ふ大御代に生くる甲斐あり百姓我も

ひねもすを畑にをりつつ妻と言ふ皇國の勝利は疑はずあり

（18）

一億のこらへかねたる憤り起つ蒼生の上に君はまします

猛りたつ敵砲口にいきの身の生命うちつけ突撃路拓きし（コタバル上陸戰）

菊地春野

○

明けくれを感謝に滿ちてつゝましくをみなご我等強く生きなむ

今日の日を待ちてし民のこぞりたる旗の波々巷につゞく

岸光孝

○

吾はこの歴史の中に巍然たる一大轉換期に生れあひにけり

大和魂一つと凝らしすめらぎのみ國護らん時來りたり

御祖より語り次ぎ來し日の本の御稜威を示す時きたりたる

この時期に何なし居るや省みてわれの生活をひたうれひけり

清江癸浩

○

（17）

『兒等みなはこゝへ出で行け』と吾が示すマレーの地圖に寄る瞳かな

教へ兒ら吾が口のまゝ眞似すなり轟沈大破轟沈大破

　　　　　　　　　　加　藤　雄　務

○

五つとせを武運を祈りつづけたる盲ひの母に記事讀み聞かす

　　　　　　　　　　金　岡　政　次

○

猛爆につぐ急攻に敵兵の焦土戰術すべなかりけり

　　　　　　　　　　川　上　慶　武（コタバル敵前上陸）

○

たまきはるいのち死すとも離さじと銃はたもてり斯る際にも

　　　　　　　　　　川　西　秀　造

○

天命は今定まりぬ敵牙城シンガポールは遂に陷ちたり

　　　　　　　　　　神　原　政　子

○

（16）

わき出づる此の感激を如何にせむ唯萬歳と我も叫びぬ

　　　　　　　　　　　　　　　　　　　片　山　　誠

○

従弟俊一マレー戰線にて戰死す

シンガポールへシンガポールへと目ざしつ、み旗かゝげて勢ひたりけむ

戰友の胸に吊され君が遺骨スリムを屠リクルアンを越え獅港に入りしか

空に咲く白き花とも皇軍の落下傘部隊は敵地を掩ふ

　　　　　　　　　　　　　　　　　　　梶　原　　太

○

時おかず嘉し給へるみことのりを國民我等も畏みて拜す

　　　　　　　　　　　　　　　　　　　梶　山　　司

○

やがて吾子にこの感激を傳ふべき今日の日記はこまごまと記す

　　　　　　　　　　　　　　　　　　　加　藤　文　雄

○

新しき秩序の戰に勇士らの日の丸は進む赤道超えて

（ 15 ）

新嘉坡つひに陥ちたりしばらくをひとりとなりてむしろかなしき

晝をあざむく照明彈下のジョホール水道にたたかふ兵よわがまなうらに

〇　　　　　　　　　　　　　　　　　　　　　　　小　川　太　郎

砲前に身をさらすだに難きものを肉彈たちまち銃眼を掩ふ

ボルネォ海の大き怒濤を越えにこえ銃身たかく目指す岸邊ぞ

〇　　　　　　　　　　　　　　　　　　　　　　　小　田　切　敏　子

戰はすでにハワイにあり神速なる皇軍は攻め進みたり

〇　　　　　　　　　　　　　　　　　　　　　　　小　野　紅　兒

穄威のもとわが皇軍のゆくところ世紀の勝鬨獅子港は陥つ

〇　　　　　　　　　　　　　　　　　　　　　　　大　林　淳　一

〇　　　　　　　　　　　　　　　　　　　　　　　境　正　美

（14）

240　국민시가집 國民詩歌集

〇

南國の果ての果てまで日の丸のみ旗をたてむ日を生くるなり

　　　　　　　　　　　　　　　　　　　宇　原　畢　任

〇

御稜威の下火と凝りかかぐる日のみ旗ブキテマの高地既にわが手に

　　　　　　　　　　　　　　　　　　　上　原　勘　松　郎

〇

大詔かしこくもあるか戰へば大洋のはてに仇うちにけり

　　　　　　　　　　　　　　　　　　　內　田　保　穂

〇

言にいづべき感激ならね一億の臣の一人ぞと思ふかしこさ

　　　　　　　　　　　　　　　　　　　宇　野　田　翠　子

〇

まつろはぬものを撃ちつゝ南の果の果まで御軍進む

シンガポール遂に降るの快報は一億民の胸をゆさぶる

　　　　　　　　　　　　　　　　　　　江　藤　　保

（13）

○

岩　坪　　巖

四百年の屈辱の史より今ぞ放たれ及ぶ御稜威の光を仰げ

マジエランに依りて發見されしよりかなしき白禍の國土防る

退廳待ちて空襲ニュース看るべしとこの朝より心いきほふ

捕虜のなかに大切さうに調度品を持てるがをれば人ら笑へり

布哇島爆撃なりぬ何人かこの現實を會つて想ひし

必死の爆撃遂げてあはれあはれ反轉しつつある機が一機　（眞珠灣攻撃寫眞）

○

岩　淵　豊　子

期せずして敵の巨艦は撃たれたり我が海鷲のたしかなる技術（わざ）

明日は散る命をいこふいとまなく進撃はつづく赤道直下

召され征く子をもたざればひとよさの宿りの兵もねむごろにせな

（12）

○

宣戰の大詔勅をききしとき清しく胸に徹るものあり

戰ふや忽ちにして眞珠灣に米艦隊を擊滅し去りぬ

いちはやく萬里の波濤のり越えてわが艦の打つ砲は轟に

井村一夫

○

千人針にこの人群にまじりゐてまづしき老婆のひたぶるなるも

岩城敏雄

○

宣戰のニュースひた讀む人の群に我も交りて胸熱く居り

宣戰の大詔かしこしこの夕『海ゆかば』の樂を身に沁みて聞く

國興るこの大き世にひとりなる兄を送りて心足らへり

岩谷光子

（11）

　　　　　　　　　　稲　田　千　勝

○

マレー戰つひに極まりてわが兵はジョホールバールに息づき待ちぬ

月の出の遲るを待ちて上陸す敵前渡過す午前零時に

○

　　　　　　　　　　今　府　劉　一

鹵獲せるオクタン價九十二のガソリンにていさぎよく敵の頭上を襲ふ

襲ひ來し敵機火を噴きて落ちゆけば鬪爭の理念いよよ冴ゆるか

輕がると機に乘る兵ら見る前をたのしむごとく飛び立ちゆきぬ（ニュース映畫）

とよもして行く編隊の目下に敵飛行基地のありあり見え來

　　　我機車部隊は一月三十一日夕シンガポール對岸ジョホールバールに進出す

濁潮に浮ける重油は海峽を劫火のごとく燃えてたゞよふ

（10）

○

一億の總進軍の時は來ぬ勝利を胸にゆかむわれらも

新 井 美 邑

○

香港の攻略第一報とアナウンサー我きゝもらさじとスキッチ合せり

征戰に傷き〇〇に治療中の兄も住みし地ダバオおちたり

赤 峯 華 水

○

宣戰の大詔宣らす天地ゆ八洲の朝はいま創まりぬ

一 瀨 零 余 子

○

大陸に赤道直下にみいくさは進むなりけり御旗とともに

伊 藤 田 鶴

（ 9 ）

○　　　　　　　　天久卓夫

赤道直下に日の丸の旗なびかする子の母にしてしづかに勵む

海中に潜ぎ沈める男の子らよ遠きふるさとに家族をおきて

神軍來る神軍來ると叫ぶこゑ群衆のなかにあるを想はむ

密林を驀進し來りて市街に入る戰車の構へたる力に恃む

敵上にてボタンを押さむとする時のあな仄けさよ私あらず

全智全能をかたむけつくしたるたまゆらに一喝鳴動く神のこゑあり

○　　　　　　　　赤坂美好

子も孫も召されてありといひければ媼の手をとりせつなかりけり

戰爭は長期にわたらむその日こそ捧ぐべき子の三人をもてり

詩 作品

ふじかをる　藤川美子　藤木あや子　藤原正義　堀　全　前川勘天　水上良介
水谷潤子　水谷登子　三木允子　美島梨雨　道久良　道久友子　光井芳子　三鶴ちづ子
南村圭三　三宅みゆき　皆吉美惠子　村谷寛　森信夫　森田貞雄　山崎光利　山下智
山下善路　山村鋒次　吉原政治　吉木久男　横波銀郎　米山靜枝　渡邊陽平　渡部保
渡邊寅雄

尼ケ崎豊　安部一郎　靱本文商　池田甫　和泉勝也　今川卓三　岩瀨一郎　上田忠男
江崎章八　江原茂雄　金村龍濟　香山光郎　川口淸　北川公雄　金北原　金環麟
木村徹夫　洪尾湖　小林抱綠　佐井木勘治　賓方誠一　柴田智多子　鳥居ふみ　申東哲
城山昌樹　杉本長夫　高島敏雄　田中初夫　谷口二人　趙宇植　寺本喜一　中尾淸
二宮高麗夫　湯川利福　平野ろだん　平沼文甫　平沼奉間　廣村英一　朴炳彦　增田榮一
山田絅天　柳虔次郎　横内一穗　吉田常夫　吉田寶　錫明文　柳河國

目次

短歌作品

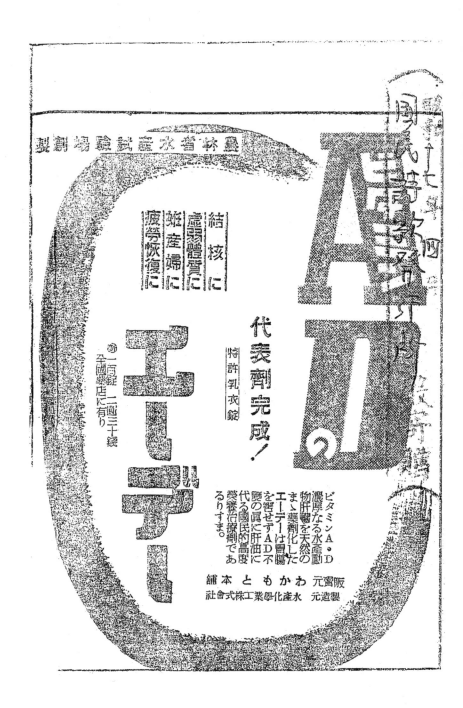

國民詩歌集

昭和十七年 三月一日 發行
昭和十六年十一月十日 (第三種郵便物認可)

國民詩歌 三月特輯號

國民詩歌發行所

國民詩歌集

三月特輯號

여기서부터 영인본을 인쇄한 부분입니다. 이 부분부터 보시기 바랍니다.

역자 소개

이윤지(李允智) | 고려대학교 국제어학원 강사. 일본고전문학 전공.
　　주요 논고에 「노(能)에서의 요시쓰네(義経) 실의기 전설 수용 - 노(能) <다다노부(忠信)>를
　　중심으로」(『일본학보』 제89집, 2011.11), 「노(能) <쇼존(正尊)>의 등장인물 연구」(중앙대
　　학교 『일본연구』 제35집, 2013.8), 「노(能) <하시벤케이(橋弁慶)> 인물상 연구」(고려대학교
　　『일본연구』 제20집, 2013.8) 등이 있다. 노(能)를 중심으로 하는 일본 중세 극문학 및 그
　　주변 문학과의 교섭에 관하여 연구 중이다.

일제강점기 일본어 시가 자료 번역집 ④
國民詩歌集 —九四二年 三月特輯號

　　초판 인쇄　2015년 4월 22일
　　초판 발행　2015년 4월 29일

　　역　자　이윤지
　　펴낸이　이대현
　　편　집　권분옥·이소희·오정대
　　펴낸곳　도서출판 역락
　　주　소　서울시 서초구 동광로 46길 6-6 문창빌딩 2층
　　전　화　02-3409-2060(편집부), 2058(영업부)
　　팩　스　02-3409-2059
　　등　록　1999년 4월 19일 제303-2002-000014호
　　이메일　youkrack@hanmail.net

　　정　가　20,000원
　　ISBN　979-11-5686-180-5　94830
　　　　　　979-11-5686-176-8(세트)

　*사전 동의 없는 무단 전재 및 복제를 금합니다.
　*파본은 교환해 드립니다.